# 勝手にしゃべる女

赤川次郎

角川文庫
20526

猫のいる風景

米山正夫

# 目次

## I

# I

# 辞表

「また来やがったな」

国電《こくでん》K駅の改札係は、バスから吐き出されたサラリーマンの一群の中に、見覚えのある顔を認めて呟《つぶや》いた。

何だか、いつも喧嘩腰《けんかごし》になっている男で、わざわざ人にぶつかりながら歩いている——というわけでもないのだろうが、何となくそんな風に思える男なのだ。常に、度の強いメガネの奥から、周囲をにらみ回しては、

「俺に文句のある奴はいるか！」

と言いたげな顔で、せかせかと歩いて来る。

疲れて苛々《いらいら》しているとかいうのとは、ちょっと違っていて、きっともともとああいう性格なんだろう、と駅員の方は思っていた。その男を憶《おぼ》えているというのも、いつもチラッとしか定期券を見せないので、一度注意したら、凄《すご》い勢いで怒鳴り立てたせ

いなのである。

今朝は駅員の方も、少々寝不足で苛立っていた。一つ、また文句をつけて喧嘩でもしてみるか。——だが、その男は、いやに悠々としたペースでやって来ると、定期券をはっきりと見せ、しかも、

「ご苦労さん」

と声までかけて行った。

駅員は呆気《あっけ》に取られて、次の客の切符を切るのを忘れてしまった……。

——今日こそは。

彼は、心の中でそう呟いた。

そうとも。今朝の俺は、いつもとは違うんだ。

駅の階段を上りながら、彼は、不自然なほど胸を張っている自分に気付いて苦笑した。そう硬くなることはないんだ。もう、何度も頭の中でくり返したことを、現実にやるだけじゃないか。

ホームがいつも通りに人で溢《あふ》れ、電車も超満員なのが、不思議な気がした。今日は特別な日なのに、どうして何もかもいつも通りなんだろう……。

サラリーマンの夢の一つは、上役の前に辞表を叩《たた》きつけることだというが、彼もま

た例外ではなかった。

大体がエリートでもなく、機転がきくわけでもなく、優秀でもない人間にとって、やはり会社はあまり楽しい所ではない。怒鳴られ、いや味を言われては、彼は辞表を胸に、出社していた。

ついに出されることなく、古くなってしわくちゃになり、捨てられた辞表は十通を超えている。彼の同僚にも、同じように、いつも辞表をポケットに入れている男がいた。

酔うとそれを見せて、

「俺は、いつでも辞める覚悟はできてるんだ！」

と大声を上げる。そして、

「しかしな、辞めるのはいつでもできる。俺は我慢できるぎりぎりまで我慢するんだ」

と付け加えた。

そう言い続けて、すでに五年。結婚して子供も生れて、今ではその男が辞めるなどとは誰も思っていない。

彼は、そんな風になりたくはなかった。

だから、辞表を他人に見せたことは一度もないし、そんな言葉を洩《も》らしたこともない。じっと胸にしまって、ただ想像の中で、辞表を叩きつけ続けて来た。

あの、高慢を絵に描いたような社長が、驚いて目をむく顔を想像しては、彼はひそかに楽しんでいたのだ。――しかし、今はもう、それは想像ではない。

今日こそ、現実になるのだ！

乗り換え駅の通路を、人の波に混じって歩きながら、ふと、彼は不安になった。――もし、今日社長が休んでいたら？

社長がいなければ、辞表を出す意味がない。あの、いつも能面のような顔の専務などへ出したって仕方ないのだ。

彼は人をかき分けて、売店の赤電話へ辿《たど》り着くと、会社へ電話を入れた。

「――もしもし社長さんはみえていますか？」

「はい。どなた様でしょう？」

「い、いえ、結構です」

彼はホッとして受話器を戻した。

彼を踏み切らせたのは、大学時代の友人が、会社を始めて、そこへ来ないかと誘われたことだった。――彼はためらった。

安全ということから言えば、今の会社にいる方がずっといい。何といっても友人の会社は、ほんの仲間内のもので、まだこの先どうなるか、全く分らないのだ。

しかし、昨夜、友人は、これまでの業績と、業界の見通しが明るいことを、詳しく説明してくれた。実際のデータを示しての話は、確かに説得力があった。

それでも、彼はすぐに踏み切れたわけではない。

「でも……俺はドジで通ってるんだぜ、会社じゃ」

とためらう彼を、

「そんなことはないよ。自信を持て！　今の職場は君を活《い》かしてないんだ。君は機会さえあれば、大いに活躍できる男だと思ってるんだよ、僕は」

友人はそう力づけ、「それに君は三十代半ばだ。やるなら今しかない！　この時機を逃せば、君は一生そのままで終ることになるぞ！」

と、少々脅かしもした。ついでに、

「君はまだ独りだ。これが世帯を持ってみろ。もう辞められなくなる。安全第一になるんだ。分るか？　今が決断の時だよ」

と迫った。

年齢、独身。――この二つまで持ち出されて、彼はやっと決心したのだった。

要するに言い方を変えれば、辞職の方へのはかりの傾きはごくわずかで、ほんの一握りの砂粒でも逆転しかねない状態だったのである。

どうしても今日、辞表を出すのだと思いつめているのは、明日になったら気が変るのではないかと心配だったせいなのだ。

出してしまえば、それで終りなのだ。会社の入口から見える奥の真正面のドアが社長室である。一気にそこへ入って行って、辞表を出そう。ぐずぐずためらっていては迷いが生じる。

駅に着いた。ここから地下道を通って、会社のあるビルへと行ける。

同じ方向へゾロゾロと動いて行く人の流れについて歩きながら、彼の胸に、また不安がきざした。——友人の言葉を、昨日はうのみにしてしまったが、本当に大丈夫なのか。

今の会社を辞めたはいいが、友人の会社ももう倒産していた、などということは……。

まさか、とは思ったが、ともかく、一旦《いったん》辞表を出してしまえば終りなのだ。

会社の入っているビルに着いた。彼の会社はこのビルの四階だけを使っている。一階の受付のわきに赤電話があった。彼は手帳にメモした、友人の会社の番号を回してみた。

「はい、こちらは××株式会社でございます」

女性の声で、しかも、しっかりした、安心感を与える話し方だった。

彼は黙って受話器を置いた。——よし！　大丈夫だ。

大きく深呼吸する。武者震いか、体が震えた。——行くぞ！

エレベーターの前は、混み合っていた。彼は一気に階段を駆け上って行った。いつも、どんなに始業ぎりぎりに来てもエレベーターを待つ彼としては、前代未聞のことだった。

辞めさせていただきます！　辞めさせていただきます！——口の中で呟《つぶや》いて練習しながら階段を上った。

目の前のドアを開けると、わき目も振らず、真直《まっす》ぐに正面の社長室へ。ドアを開け、机の前へ進むと、〈辞表〉をピシッと置き、一礼して、

「この会社を辞めさせていただきます！」

ときっぱり言って、顔を上げた。

「——おい、何だ、元気ないな」

席につくと、隣の同僚が声をかけて来た。

「どうかしたのか？」

「いや、別に。何でもない……」

彼は引出しを開けながら、苦い笑いを浮べて言った。

——顔を上げたとき、目の前にあったのは社長の顔ではなかった。どこかで見たことのあるその男は、ちょっと瞬《またた》きをして言った。

「君の会社はもう一階上じゃなかったかね」

# レオンディングの少年

大沢《おおさわ》は、少壮の歴史学者である。

若手としては飛び抜けて目立つ存在だった。いかなる歴史にも曖昧《あいまい》さがあってはならない、というのが大沢の信念であった。

常に確実な証拠がなければ、論を公表しなかった。そのためには世界中、大沢の足跡の印されていない土地はない、と言ってもいいくらいだった。

大学の助教授としての給料だけで、そんな資金が続くわけはない。その謎の答えは、資産家の娘である妻にあった。

だが、大沢の名誉のために言い添えておけば、彼が彼女の金を目当てに結婚したのでなく、彼女の方から彼に惚《ほ》れ込んだ、というのが真相なのである。

何事によらず、情熱に燃えている男には、女性をひきつけるものがあるのだ。

大沢は、夫としては少々変っていた。ハネムーンは遺跡発掘の旅となったし、子供が生れても、文献探しで三日間帰宅しなかった。しかし、妻の方は文句も言わなかった。

大沢は、「もしも」とか、「たぶん」という言葉を嫌っていた。歴史家は、そんな言葉を口にすべきではないと思っていたのだ。だから、当然、SFのような空想にもとづいた物語にはまるで関心がない。

その大沢が、たまたまタイムスリップに遭遇することになったのは、まさに「歴史の皮肉」だったかもしれない。

そのとき、大沢は、地下の古びた書庫を歩いていた。——古びた本の匂い、ちょっと埃《ほこり》っぽい空気が淀《よど》んだ感じで、大沢はここに来ると心が和んだのである。

大沢は分厚い本を手に、ページを開いて読み耽《ふけ》りながら、書庫の奥の机の方へと歩いていた。——読み進みながら歩いて、いやに長く歩いたような気がした。

ブッブーと、自動車のクラクションが背後で鳴って、大沢は飛び上りそうになった。

「おい、危いぞ！」

と、怒鳴られた。が、その声は、ド、イ、ツ、語だった。

「失礼」

反射的にドイツ語で答えながら、大沢は一体どうなってるんだ、と思った。こんな地下を車が通るなんて……。車が？

トラックが地響きをたてて通り抜けた。

大沢は、分厚い本を手にしたまま、どこか深い森の中の道に立っていた。

大沢は実際的な人間だから、この環境の急変にも、さして驚きはしなかった。ともかく、いま必要なことは、ここがどこなのかを確かめることだ。

大沢は、道を歩き出した。トラックが向って行った方向である。きっと町ぐらいはあるのだろう。

森はなかなか尽きない。くたびれて一休みしていると、ガラガラという音が近づいて来た。──馬車の音である。

馬車を操っているのは、陰気な顔をした男だった。大沢を見ると、馬を止め、

「何をしてるんだ？」

と訊《き》いた。やはりドイツ語である。

「道に迷ってしまって」

大沢は、ドイツ語が達者だった。どうやらここはドイツらしい。いや、多少訛《なま》りがあるのは、オーストリア辺りなのかもしれない。

「乗りな。町まで連れてってやる」

「どうも」

大沢は、馬車に乗せてもらった。

「どこから来たね？」

「日本からです」

「日本？」

男は首をかしげた。

「知らねえな。どの辺だね。アメリカの方か」

こりゃ相当ひどい田舎へやって来たらしい。大沢は日本のことを説明するより、ここがどこなのかを男に訊いてみた。

「もう少し行くと町だよ」

「町の名前は？」

男は妙な顔をして、

「知らねえのか？　レオンディングだよ」

レオンディング。――大沢は眉《まゆ》を寄せた。どこかで耳にした名だ。どこだったろう。

何か大きな事件の起ったような町なら、大沢が忘れるはずがない。といって、聞き憶《おぼ》えがあるからには、何かあったはずである。

男は、家の前に馬車を停めた。

「よかったら寄って行きな」

と、男は言った。

「アロイス、お帰りなさい」

出て来た女は、もう六十は過ぎていると思える夫に比べると若い。四十になるかならずであろう。

「あら、お客さま？」

「日本とかいう所の人だそうだ。クララ、ワインでも差し上げな」

無愛想な顔つきではあるが、アロイスという男、人は悪くないらしかった。

いかにも小市民的な、質素な家に入って、ワインをもらいながら、大沢は置かれてあった新聞を見た。——大沢はもうひとつショックを受けることになる。

日付は、一八九九年三月となっていたのだ。

これが冗談でも何でもないことは、この夫婦と少し話をしているとすぐに分った。

つまり、自分はタイムスリップというやつに出くわしたのだ。

現実家の大沢としては、これからどうしたものかを考えていた。問題は、自分が紛れ込んだことで、「歴史」に狂いが生じるのではないか、ということだった。

どんなささいなことでも、それがひとつのきっかけになって、歴史を変えてしまうことはありうる。歴史学者として、それだけは避けなくてはならない。

しかし、こんな田舎町の、ごくありふれた一家に、妙な客がひとりやって来ただけなら、そう大した問題にはなるまい。

クララという妻は、話し好きで、このレオンディングには、つい一年ほど前に越して来たのだと語ってくれた。――三歳ぐらいの女の子が、ヨチヨチと歩いて来て、大沢を不思議そうに眺めている。

「パウラ、何かほしいの？」

「お子さんはお一人ですか」

「上に男の子が。――たぶん裏の林で遊んでいると思いますわ。ちょっと失礼して、この子に食事をさせます」

「どうぞ」

大沢は、裏へ出てみた。林が広がっていて、鹿が飛び出して来そうである。――ずいぶん奇妙な体験をするもんだ、と思った。

そのとき、林の奥から、

「助けて！」

という叫びが聞こえて来た。

大沢は声の方へ走った。——小川ながら、かなり流れの速い岩場で、男の子が流されかかって、岩につかまっているのだった。

「待ってろ！」

大沢は水の中へ身を躍らせた……。

少年を助けてみたものの、大沢は、すっきりしない気分だった。水を飲んだせいではなく、自分の行為が、人ひとりの生死の記録を変えてしまったからである。しかし、おそらく、こんな田舎町の少年ひとりの生死なら、そう大した影響はあるまい。

「ありがとう」

少年はやっと息をつくと、礼を言った。

「君はその家の子？」

「うん」

「どうしてあんな所に入ったんだい？」

「変なトンネルがあったんだ」

「トンネル？」

「前はなかったのに。——あの岩の下をくぐると、長い長いトンネルがあったんだよ」

大沢は、少年が真面目に話しているらしいと思った。

「そこへ案内してくれる？」

「いいよ。でも気を付けないと」

流れを渡って、滑りやすい石づたいに歩いて行くと、頭上に覆いかぶさるような岩が突き出している。大沢はその奥を覗《のぞ》いた。

やはりそうだ。――この世界のものではない。これは自分のために開いた、時間のトンネルなのではないか。

あのアロイスとクララという夫婦に礼を言わずに行くのは心苦しかったが、このトンネルがいつまで開いているか分らない。

「たぶんこの奥はおじさんの家なんだ」

と大沢は言った。

「本当？」

「たぶんね」

「じゃ、行くの？」

「うん。パパやママによろしく」

大沢はトンネルに足を踏み入れた。見えない力が、大沢の体を引き込もうとする。

「そうだ。君の名前は？」

「アドルフ」

「さよなら、アドルフ。助かって良かったね」

「うん、ありがとう」

少年は手を握った。利発そうな目が印象的だ。

大沢はトンネルを進んで行った。現代に戻れる、という確信が強まって来る。大沢はホッとした、――まったく奇妙な経験だったな。

そして――突然、ある記憶が、大沢の頭のあるページを開いた。

レオンディング。あの名を、どこで見たか思い出したのである。

大沢の顔から血の気がひいた。あの町は、あの男の故郷として、知られているのだ。

あの男。――アドルフ・ヒトラーの。

# 再会

昼食から戻った私は、机の上に、メモを見付けた。

〈大久保《おおくぼ》より、六時に来てくれとの電話あり〉

手が震えた。それから、ストンと椅子に腰を落とした。

一時になって、みんなが仕事を始めても、たっぷり十五分は、何もしないでポカンとしていたのだから、私がいかに感動していたか分ろうというものである。

あまり女性にもてたためしのない私にとって、振られた女性から、また会いたいと言って来ることなど、正に奇蹟《きせき》としか思えなかったのである。

「どうしたの?」

隣の女性に声をかけられて、私はやっと我に返り、仕事を始めた。

面白くもないルーティンワークばかりの事務員。

女性と話をしていても、面白がらせるような話題など、こんな仕事では、耳に入りようがない。今流行の、テレビ局のディレクターとか、コピーライターとか漫画家のアシスタントとか――そんな世界のことを多少でも知っていればともかく、今の私の固い職場では、まるで無縁であった。

それにしても今の若い子は――と、私はメモをみて顔をしかめた。〈大久保〉のあとに、ちゃんと〈様〉をつけるのが当り前だ。

一瞬、不安になった。――うちの社に大久保ってのはいたかな？

いや、大丈夫。でも、このところ何人か結婚して姓が変ったりしている……。

「ねえ、今、うちに大久保って名前の子、いるかい？」

と私は隣の女性に訊《き》いた。

「大久保？」

と、その女性もちょっと考えて、「ええと――あの人はああで、この人はこうで……。大久保さんっていないわよ」

「良かった！」

「あら、何が？」

「いや、何でもない」

私はあわてて言った。

課長は外出している。のんびりと、仕事をしているふりをしながら、さぼるのもまた楽しいものだ。

ん？ 何か課長に頼まれてたな。――まあいいや、その内思い出すさ。

しかし、ヒマなばかりに、ついつい思い出すのは、彼女のことばかりになってしまうのだった。

どんな平凡な男だって、恋ぐらいはするものだ。――私だって。

その相手が、大久保美香《みか》だった。

社長令嬢で、美人。一流女子大出の秀才。

その彼女が、どうして私と一時的にせよ付き合う気になったのか、今だに私には理解できない。

しかし、ともかく私と彼女は半年ほど交際し、そして、当然のことながら、振られたのだ。

しかし、彼女は、そういう「お嬢様」でありながら、一向にお高くとまったりせず、気のいい、優しい性格だった。

別れるときも、〈私のわがままで申し訳ありません〉という手紙を寄こしたくらいである。

私と彼女の如く、「力関係」のはっきりしている仲なら、電話一本、「あんたみたいなつまらない人、嫌いよ！」で、済むはずなのだ。

しかし、彼女はそうしなかった。

私は、もちろん失恋の苦しみに悩みながらも、自分を納得させることができたのだった。

そこへ――彼女から、また会いたいと言って来た。

これはどういう意味なのだろう？

いや、それは会えば確かめられることである。

また彼女に会ったとき、何と言えばいいんだろう？　私は、仕事などそっちのけで考え始めた。

――本来なら、振った彼女の方から、また会いたいと言って来るのはおかしな話である。

そこは一つ、こっちとしては怒って見せるのもいいかもしれない。

「僕は、もうあなたのことを諦《あきら》めていたんです。それなのに、どういうつもりですか！　男を弄《もてあそ》ぶのはやめて下さい！」

と厳しく言うと、彼女はうつむいて、

「ごめんなさい……」

と、囁《ささや》くような声で、「でも、私、どうしてもあなたのことが忘れられなくて……」

いやいや、こうなればいいけど、下手をすると、

「あら、そう！　分ったわ。じゃ、もう今度こそおしまいにしましょう！」

と言われかねない。

これじゃ元も子もないというものだ。

そこはもう少しソフトに出なくては……。

「お元気そうですね」

「ええ……」

「安心しました。——いや、僕のせいで、あなたが男性というものに失望されておられるんじゃないかと思っていたんです」

「そんなこと……」

「本当です。僕のようなつまらない男、振られて当然なんですから」

いや、あんまり自分を卑下するのもみっともないものだ。

少なくとも、彼女がもう一度会いたいというのは、また付き合いたい、というニュ

アンスを含んでいるはずだ。

つまり、こっちも多少は自信を持っていいわけだな。

「どうです！　他の男とも付き合ってみましたか？」

「ええ、何人か――」

「結局、僕以上の男はいないと分ったでしょう！　ワッハッハ！」

馬鹿、やりすぎだ！

「ねえ、美香さん、以前のことは一切忘れて、もう一度、新しい気持で僕と付き合っていただけませんか」

「まあ。――私の方から、勝手なことばかり言っているのに……。優しい方ね」

うん、これはいい調子だ。

それとも、いきなり実力行使という手もある。

会うなり、抱きしめてキスしてしまう。アッと身をよじって逃げようとするのを構わず抱きしめると、徐々に力が抜けて……。

おいおい、そんな調子のいいことばっかり考えてると、ひどい目にあうぞ。

大体彼女みたいな美人が俺に好意を持つかしら？　来てくれ、というのだって、

「あのとき貸した本、返してもらってないわ。持って来てよ」

てなことかもしれないんだ……。

「――どうしたの？」

と、隣の席の女性が声をかけて来た。

「何が？」

「さっきからニヤニヤしたり、泣きそうな顔になったり……。気味が悪いわ」

――かくて、彼女の家を六時に訪ねるころには、あと何十種類かの再会シーンを演じて疲れ切っていた。

どうにでもなれ、という気分である。

何家族か暮している大きな屋敷だ。ここに、彼女の友だちとして、足を踏み入れたこともあったのに。

玄関のチャイムを鳴らすと、ややあって、ドアが開いた。懐しい顔がそこにあった。

「まあ、お久しぶり」

と、彼女は言った。相変らずの、美しい笑顔だ。

「どうも……」

いざとなると、何も言えない。

「お元気？　本当に久しぶりね」

「ええ、まあ……」

「それで——何かご用？」

私の方がキョトンとした。すると彼女が、

「あ、そうだったわね！　ごめんなさい」

というと、奥へ引っ込んで行き、すぐに戻って来た。「この本をお返しするの忘れてたんだわ。これを取りにみえたんでしょ？」

「ええ……まあ……」

と、私は、古ぼけた本を受け取った。

そこへ、ヨチヨチ歩きの赤ん坊が出て来た。

「あら、来たの？——これ、私の子供なの。似てる？」

私は呆然《ぼうぜん》としながらも、必死の努力で、

「そっくりですよ」

と言ったのだった……。

——アパートへ帰って、一人でひっくり返った。

どうなってるんだ？　あのメモは、間違いだったのか……。

電話が鳴った。——放っておいたが、あまりしつこいので、取り上げる。

「帰ってたのか。忘れたんだな！」

と課長の声。「ずっとこっちは待ち呆けだぞ！」

思い出した！　課長と新宿《しんじゅく》駅で、六時に落ち合うことになっていたのだ。

「す、すみません、あの——」

「ちゃんと昼に電話を入れといたんだぞ」

「課長が？」

「そうだとも。ホームの〈大久保寄り〉に来いと言ったんだ。見なかったのか、メモを？」

# 夫婦喧嘩

「最初が肝心なのよ」

とは誰もが言うことだった。

女子大時代の友人たちが次々に結婚して、私は結局、かなり後の方に取り残された格好になったのだが、それにはそれなりの長所もあった。

というと、負け惜しみに聞こえそうだが（まあ、多少その気味はあるとしても）、私の一番興味があったのは、夫婦喧嘩《げんか》についてだった。

つまり、どういう風に喧嘩をすれば、後に残らず、かつ、妻として強い立場に立つことができるか、ということだ。

結婚する前から、喧嘩のことを考えるなんて、と笑われるかもしれないが、実際、ついこの間まで見知らぬ人間同士だった二人が一緒に生活をするのだから、あちこちでギクシャクしても当然だ。

そんなとき、腹の立っている最中は、冷静に喧嘩の仕方なんて考えていられないだろうから、最悪の方法を選んでしまうことだってある。

それを避けるには、予《あらかじ》め、最初の夫婦喧嘩のときは、こう出てやろうと決めておくのが賢明ではないか、と思ったのだ。

それにしても、新婚三か月ほどの家庭をいくつか訪ねてみて、私は少々混乱して来てしまった。

人によって、喧嘩の仕方は千差万別なのだ。

「私はね、勉強を始めちゃったの」

と、学年代表にまで選ばれた優等生の英子《ひでこ》は言った。

「勉強?」

「そう。——何しろ、相手は大学も一ランク下だし、劣等生だったらしいのよ。披露宴のときに招かれた大学の先生が、『彼は個性的な学生で』としか言わなかったんだもの。どんなにひどかったか分るでしょ?」

「じゃ、そこにコンプレックスを持ってるわけね」

「そう。だから、そこを衝《つ》いてやったの。新婚早々で朝帰りを三日も続けたから、こっちも頭に来てね、大学時代の分厚い参考書やノートをドッサリ実家から運んで来たの」

「それで――?」

「テレビはNHKの教育テレビを点《つ》けっ放しにして、食事のときでも何でも、絶えず世界史の講義とか、数学の問題を聞いてたわけ」

「それじゃ、苦手な人はたまらないでしょうね」

私は噴き出してしまった。

「そしてベッドにまで参考書を持ち込んでね。これで彼の方も参ったみたいよ」

いかにも英子らしい手だ。

しかし、残念ながら、私は英子ほどの優等生ではない。そんな参考書なんて開いていたら、こっちの頭が痛くなって来る。

それに、相手のコンプレックスを衝くというのが、少々気にかかる。

「私はもう、ヒステリーね」

と言ったのは、私より二回りくらいも大きな体をして、大学時代、スポーツ万能だった良子《よしこ》である。

「あなたが？　でも、あなた、大体呑気《のんき》で、そんなヒステリーなんて、起こしたことなかったじゃないの」

と私が不思議がると、良子はニヤリとして、

「そんなことあちらさんは知らないものね。演技よ、演技」

「へえ」

「それに体力的にはこっちの方が圧倒的に有利じゃない」

それはそうだ。良子の夫は、小柄でほっそりしている。まともにやり合ったら吹っ飛ばされてしまうだろう。

「凄《すご》い勢いでわめいてね、椅子だのソファだの、ひっくり返したり放り投げたりしてやったの。——目むいてびっくりしてたわ」

「そりゃそうでしょうね」

私には、良子が暴れ狂っている様子が想像できなかった。

「そしたら、もう向うが震え上っちゃったのよ。頼むからやめてくれって。——身の危険を感じたんじゃない」

「命の危険かもね」

と言うと、良子は豪快に笑った。

——これも、しかし私の場合はあまり参考にならない。

良子が暴れるから迫力があるので、どっちかといえば小柄で軽量級の私では、馬鹿にされるのがオチだろう。

「私はごく当り前の手だったわ」

と、幸子《さちこ》は言った。

この幸子が、タイプとしては比較的私に近いので、参考になるのでは、と大いに期待した。

「プーッとふくれたの？」

と私が訊《き》くと、

「オモチじゃあるまいし」

と幸子は笑った。

「じゃ、どうしたの？」

「荷物をまとめてね、『私、実家へ帰らせてもらいます』って言ったの」

「へえ、向うはあわてた？」

「あっちにもプライドってものがあるでしょ。至って平気な顔して、『ああ、好きにしろよ』ですって」

「で、どうしたの？」

「決ってるじゃない。本当に帰ったのよ」

「まさか本当に出て行くとは思わなかったのね」

「そうでしょうね。結局、一か月実家にいて、のんびりできたわ」

「一か月も？」

「生活費も浮くし、やり残した片付けもできるし、一石三鳥よ」

「で、ご主人は？」

「一人で頑張ってたみたいだけど、会社の人には『どうして呼んでくれないんだ』ってせっつかれたり、毎晩の外食もうんざりして来て、ついに迎えに来たわ」

「ふーん」

これがやっぱり私向きかなあ、などと感心した。

ともかく、あまり陰湿でないところがいい。

別に離婚しようというわけじゃないんだから。

さて、かくいう私もついに（というほどのことじゃないが）結婚した。

顔で選ぶ気はなかったが、結果として（?）なかなかの二枚目の亭主である。

といって、なよなよした感じではなく、スポーツマンでもあって、小柄な私なんか、ヒョイとかかえ上げられてしまう。

でも、そこは短い付き合いの他人同士。最初の喧嘩《けんか》は、三週間目にやって来た。

原因といえば、他愛《たわい》のないことで、要するに、彼が食事の間、同じお皿で何でも食べてしまうのに苛々《いらいら》したのだった。

洗うのは私なんだから、新しいお皿をどんどん使ってよ、と言うのに、これでいい、と言い張る。

生来、きれい好きの私は、食事の後、そのお皿を彼が灰皿代りにするのを見てカッとなった。

「きたないじゃないの、そんなことして！」

彼の方もムッとした様子で、

「洗えば同じだろ」

と言い返して来る。

「洗ったって、もう使えないわよ！」

「灰は燃えたかすだぞ。殺菌されてて、きれいなんだ！」

ついには怒鳴り合い。——かくて、私は、居間でむくれて座り込んだ。

——ここだ。

最初が肝心。そうなんだ。

ちょうど実家から取って来たいものもあるし、なんて考えていたところをみると、多少気分的にはゆとりがあったのだろう。

早速、寝室へ行って、ボストンバッグに身の回りの物を詰めると、それを一旦《いったん》ベッドの上に置いて、食堂へ戻った。

「あなた」

と声をかけて、私は戸惑った。

夫は、一番大きな旅行鞄《かばん》をデンと置いて、私を見るなり言った。

「僕、実家へ帰らしてもらいます！」

# 巨匠

「だめだ、だめだ！」

と、指揮棒が譜面台を叩《たた》く。

いや、もちろん棒が勝手に動いているわけではないのだ。それを振っているのは「巨匠」である。

大体、巨匠と呼ばれるような手合は、気むずかしいものと相場が決っている。

この巨匠も例外ではなかった。

「ピアニッシモだよ、ピアニッシモ！　それじゃただのピアノじゃないか！」

と巨匠は怒鳴った。

ピアニッシモはピアノより小さな音の意味だ。そんなことは、オーケストラのメンバーなら誰でも知っている。

「君！　そこのファゴット！」

と、巨匠は指さして、「君のはピアノですらない。フォルテに近いぞ。それより小さな音は出せんのか？」

「すみません」

ファゴットの奏者は、素直に謝った。

ともかく、巨匠の言うことは絶対なのである。

「もう一度、今の所だ」

と、巨匠は指揮棒を振り上げた。

オーケストラは疲れていた。——何しろ、さっきから、同じ箇所ばかり二時間も練習しているのである。

曲は現代の日本の作曲家の新作で——この日の夜が世界初演であった。

だから、リハーサルに時間がかかるというのは、オーケストラの誰もが覚悟してはいたのだ。

しかし、この一箇所で、こんなに時間を取られるとは思っていなかった。

ピアノの記号は$p$である。それを、もっともっと小さくするには$p$をいくつも並べることがある。

そして、この曲の問題の箇所は、何と$p$が十個も並んでいたのである！

しかも、それでいて、フルオーケストラの全楽器が音を出すようになっているのだ。

これは正に至難の業だった！

「いいか――抑えて――もっと抑えて――」

問題の箇所に来た。

それまでより、遥《はる》かに小さな音で、オーケストラが鳴った。

「だめだ！」

巨匠は怒鳴った。「分らないのか！　そんな馬鹿でかい音で、作曲者の意図は実現できない！」

オーケストラが一斉にため息をつく。

「よし！　休憩だ！」

巨匠は、不機嫌に指揮棒を譜面台の上に投げ出すと、さっさと姿を消してしまった。

「――参ったね！」

と、ヴィオラの一人が首を振った。

「これより小さな音を出せなんて、無茶だよ！」

と、一斉に声が上る。

「ともかく、ちょっと休もう」

と言ったのはコンサートマスターだった。

みんなが立ち上って、思い思いに腰を伸ばしたり、ぶらついたりしている。

——何とかしなきゃならんな。

コンサートマスターは、メンバーに対して責任を負っている。

このままでは、指揮者のＯＫが出ない内に本番を迎えるのは必至である。

ホールの控室のドアを、恐る恐る叩く。

「——どうぞ」

と声がした。

「失礼いたします」

と、コンサートマスターが入って行くと、巨匠は、意外にも、白髪をかき上げて、
ニヤリと笑った。

「やっぱり来たか」

「といいますと？」

「来るだろうと思っとったよ。——まあ座れ」

「はあ……」

と、コンサートマスターは、小さな丸椅子に腰をおろすと、「実は、今、問題にな

っている箇所ですが――」

と切り出した。

「分っとるよ」

と、巨匠は肯《うなず》いた。「私だって、もう三十年から指揮者をやっとるんだ。オーケストラのやれることと、やれんこととの区別ぐらいつくさ」

「といいますと――」

「あんなのは不可能だ」

コンサートマスターはポカンとして、巨匠の顔を眺めた。巨匠は肩をすくめた。

「こっちも困っとるんだよ」

「と、おっしゃいますと？」

「あの作曲家は、批評家に大きな力を持っておる。ところが、私とはすこぶる仲が悪い」

「どうしてですか？」

「一度、昔、彼の作品をこきおろしたことがある。それを根に持っているんだ。だから、今度の新作の初演を私にやってくれと言って来たとき、何かあるな、とにらんだのだよ」

「つまり――」

「私を困らせるのが目的なのさ。あの箇所は誰がどうやったところで、$p$の十個分も小さくはならん」

「それを指揮が悪い、と批評家に書かせようとしているんですね？」

「その魂胆だよ。しかし、今さら、できないとも言えん」

「では、どうしましょうか？」

「そうだなあ」

巨匠は顎《あご》を撫《な》でた。

コンサートマスターは、巨匠でも困り果てることがあるのだ、と初めて知った。そして――ふと、何かを思い付いた様子で、

「こうしてはいかがでしょう――」

と言い出した。

作曲家は、客席で、胸を期待にふくらませていた。

さあ、そろそろだぞ。

客席は、じっと彼の作品に聞き入っている。――あの指揮者も、ここまでは良くや

っている、と作曲家も認めざるを得なかった。
しかし、$p$十個のピアニッシモは出せまい。
「作曲家の意図が充分に表現されたとはいえません」
と、渋い顔で言ってやろう。
作曲者がそう言えば、批評家だってそう書くに決っている。
さて、ここからだ。——少しずつ少しずつ小さくなって……。
ちょっと、客席がざわついた。照明が急に暗くなったのである。
ステージの上など、ほとんど見えなくなってしまった。
どうなってるんだ、畜生！
作曲家は、暗がりの中に耳を澄ました。——そして、息を呑《の》んだ。
鳴っている。聞こえるか聞こえないか、ほとんど分らないほどの音で。
まさか！　こんなことが！
作曲家は呆然《ぼうぜん》としていた。——あいつは凄《すご》い奴だ！
そして、突然明りが点《つ》いた。
作曲家は、もう一度唖然《あぜん》とした。
指揮者は、振っていたが、オーケストラは、何も、していなかった。

みんな、楽器をおろして、じっと休んでいた……。

「すばらしい！」

作曲家は、大勢の人に取り囲まれていた。

「あの暗がりの中で、まるで音が聞こえているみたいでした。あのアイデアはすばらしいですね」

「ありがとう」

と作曲家は肯いた。

「聴衆の想像力を刺激する、という方法ですね！　実に独創的だ！」

「いや、指揮者が良かったんですよ」

と、作曲家は言った。

「君のおかげだ」

と、巨匠はコンサートマスターの手を固く握った。

「いや、そんなこと……」

と、コンサートマスターは照れたように頭をかいた。「照明のタイミングも良かったんですよ」

演奏を録音しておいて、隠してある小型スピーカーから、ぎりぎりにボリュームを絞って流す。

そして、明るくすると同時に音を完全に消す。——これがコンサートマスターの考えたプランだったのである。

「今度からあんな曲ばかりやらされたらかないませんけどね」

と、コンサートマスターは言った。

巨匠はそっと、手を叩《たた》くと、言った。

「ブラヴォー!」

# 命がけのアンコール

誰にでも取り柄というのはあるものだ。

仕事はろくにできなくても、宴会を盛り上げるのは得意だ、というサラリーマンもいる。

これだって、「取り柄」の一つには違いない。

しかし、大竹一郎《おおたけいちろう》の取り柄は、それほどにも役に立たない取り柄だった。

それはむしろ、取り柄というより欠点だった。——大竹は声が馬鹿でかかったのである。もっとも、大竹が三十近くになっても、独身なのは、そのせいではなかった。要するにパッとしない男だったのだ。

一度、オフィスで大竹が電話をかけているとき、三つ離れた机で電話していた同僚が、電話の相手から、

「混線してますな」

と言われたことがあった。

大竹の声が、入ってしまっていたのだ。

「もう少し小さな声でしゃべれよ」

と言われたことも何度かあって、その都度、努力はしているつもりだったが、周囲からみると一向に変らないのだった。

大きな声が出て、しかも歌でもうまければ、まだ役に立つのだろうが、大竹は凄い音痴と来ていた。だから、大竹が自分の音痴を知っていて、決して人前で歌わなかったのは、彼自身にとっても周囲にとっても、社会にとっても——はオーバーだが——幸い、と言うべきであろう。

「おい、大竹」

と、課長から声をかけられたのは、お昼休みが、あと五分で終るというときだった。

「はあ」

「ちょっと話がある。一緒に来い」

「何でしょう?」

「だから来いと言ってるんだ」

課長は、ちょっと苛立《いらだ》っているようだった。

あんまりいい話ではなさそうだ。――大竹は、少々憂鬱《ゆううつ》な気分で、課長の後について行った。

課長は、喫茶になっているロビーに大竹を連れて行った。――そろそろ午後の仕事というわけで、みんな席へ戻り始めていた。

「――お前、自分の声がでかいのはよく分ってるな」

いきなりそう言われて、大竹は目をパチクリさせた。

「はあ、それはもう……」

「そこでお前にやってほしいことがある」

「何でしょう？」

「今日、大阪からうちのお得意がみえている。――おそらく今、うちでは一番大事なお客様だ。今、社長が上で話をしている」

「はあ」

「夜になると、当然、接待で外へ出る。そこでお前にやってほしいことがあるんだ」

「僕はそういうのはだめです！」

と、大竹はあわてて言った。「接待などというのは一番苦手で――」

「分っとる。少し小さな声で話せ」

「すみません」

どうやら、今の声もロビーに響き渡っていたらしく、ウェイトレスの女の子がクスクス笑っている。

「──お前に接待をやれなどと言うもんか」

「そうですか」

大竹は胸を撫《な》でおろした。

「問題は、そのお客が、大のカラオケ狂ということなんだ。この近くの〈S〉という店を知っとるだろう」

「ええ。有名ですからね」

「向うは、そこで歌うのを楽しみにしているのだ。行かないわけにいかん」

「で、何かまずいことでも？」

「そのお得意はな、凄く音痴なのだ」

「僕もです」

「自慢するな。──しかし、お前がひどいのも知っとるが、その人の歌を聞いた後でなら、オペラ歌手かと思えるぞ」

「そんなにひどいんですか」

「ひどい」

と、課長は深刻な顔で首を振った。「俺は大阪に行ったとき、聞かされて、三日間寝込んだ」

大竹は目を丸くした。

「上るべきときに下り、下るべきときに上る。どうしてそうなるのか分らんが、そうなんだ」

「なるほど」

「しかもリズムはめちゃくちゃ、バックの音楽とは合っていない、エコーは目一杯にかける……。悪酔いするんだな、つまりは」

「相当なもんですね」

「しかし、聞くのも仕事の内だ。それは我慢する。ただ、問題は——他の客だ」

「というと……」

「あの店は大きくて、とても借り切るわけにいかん。他の客が、あれを聞いて拍手してくれるとは思えん。しかも、あの人は、アンコールがかからないとたちまち不機嫌になるんだ」

「それは大変ですね」

「そこでお前だ」

「——といいますと？」

「他の客が野次《やじ》ったりすると大変だ。その人の歌が終ったら、間髪を容《い》れず、大声で『アンコール！』と叫んでくれ」

「アンコール、ですか……」

「どんなでかい声を出してもいい。他を圧倒して、何も言えんようにしろ」

凄《すご》い仕事がやって来たものである。——しかし、これも業務命令とあればいたしかたない。

一人、残って、コーヒーを飲み干すべく頑張っていると、目の前にヒョイと若い女が座った。

「——どなたでしたか？」

と、大竹が訊《き》くと、ちょっと丸顔の、チャーミングなその娘は、

「今、お話のあった『凄い音痴』の娘ですの」

と言った。

大竹はむせ返って、目を白黒させた。

大竹は、その店に来たのは、もちろん初めてだった。

かなりの広さで、ちょっとした劇場並みの立派なステージがある。大竹は、一番よく声の通りそうな、二階席の端に陣取っていた。ステージはよく見える。

どうしたらいいんだ？

大竹は、まだ迷っていた。

もちろん、「アンコール！」と声をかけるのが、社員としての義務だろう。しかし、

「これ以上、父に恥をかかせたくないの。みんなに陰で笑われているなんて、惨めじゃない？　いつかは、目を覚ましてもらいたいの」

という、あの娘の気持も理解できる。

しかし――下手をすればクビである。

あの娘は、少し離れたテーブルに座って、時々大竹の方を見ている。大竹は気が重かった。

何人かが、入れ代り立ち代り歌った。中にはプロ級の者もいる。

大竹は、ステージに、でっぷり太った赤ら顔の男が出て来るのを見た。あの娘が、肯《うなず》いている。――いよいよらしい。

歌い始めた。

なるほど、これは凄い。——大竹ですら愕然《がくぜん》とするほどの、ひどさである。

大竹は、まだ決めかねて、悩んでいた。

クビをかけて、あの娘の頼みを聞いてやるか、それとも、社員としての本分を尽す(?)か……。

歌が終る。——あと少しだ。

「どうにでもなれ！」

大竹は、あらん限りの大声で、

「引っ込め、下手くそ！」

と怒鳴った。

——ステージの上の男が、一瞬青くなるのが、二階からでも分った。そして今度は真っ赤になると……バタッと倒れてしまった。

たちまち、店内は大混乱になった。——大竹は、あの娘が、いつの間にか姿を消しているのにも、まるで気付かなかった……。

そして結局……。

総《すべ》て丸くおさまったのだった。

大竹はクビにもならず、課長からは、一杯おごってもらった。

なぜかというと——大竹が野次った相手は、当の「お得意」ではなかったのである。

あの娘は、たまたま大竹と課長の話を聞いて、自分の父親が猛烈な音痴でカラオケ狂なのを幸い、大竹をうまく騙《だま》したのだった。

父娘《おやこ》といっても、ひどい父親だったらしく、娘は死んだ父親の遺産をたっぷり懐へ入れた、というわけである。

そして例の「お得意」は、課長の話によると、

「目の前で倒れて死んじまうのを見て、恐ろしくなったらしい。それで目が覚めた、もうカラオケはやらん、と言ってたぞ。助かったよ!」

という次第。

それから、ついでに付け加えると、ほどなく大竹にもガールフレンドができて、それがいやに金持の娘らしい、という噂が社内に広まったのだった……。

# 健ちゃんの贈り物

いやな世の中だなあ。

こういう感想は、たいていの大人が持っている。たぶん、いつでも人間はこう思い続けて来たのではないだろうか。

ちょうど、いつも年寄りが、

「今の若い奴らは――」

と言っているのと同じである。

しかし、

「いやな世の中だなあ」

と言ったのが、十歳の少年ということになると、ちょっと事情は違って来る。

少年の名は健一《けんいち》。まあ、そう珍しい名前でもない。いつも「健ちゃん」と呼ばれていた。

健一が、少年らしくない感想を洩《も》らしたとしても、心配するには当らない。健一は、最近まま見られる、「大人もどき」の子供とは違って、いかにも子供らしい、健康で活発な少年だからである。

しかし、こういう少年にも、仲のいい女の子というのがいて——

「健ちゃん、何をブツブツ言ってんのよ」

と、校庭を横切ってやって来たのが、ちょうどそれに当る。

「ヤッコかあ」

靖子《やすこ》というのがその女の子の名前。十歳という年齢では、多少健一よりませた感じではあるが、いやみのない、カラッとした女の子だった。健一と並んで、芝生に座り込む。

「何で、プレゼントなんてするんだろうな、みんな」

と、健一が言うと、靖子が、

「分った！　バレンタインデーにチョコレートが来なくてクサってんでしょ」

と声を上げた。

「馬鹿、お前、くれたじゃないか」

「あれ？　そうだっけ？——あんまり大勢にあげたんで、忘れちゃった」

「勝手な奴だな。そうじゃないんだ。――もうすぐ、俺、誕生日なんだよ」

「へえ！　で、何を買ってもらおうか、って悩んでるの？　うらやましい！」

「そうじゃないよ」

　と、健一は顔をしかめた。

「そうね。そういう顔じゃないや」

「うち、今苦しいんだ。――分ってんだよ。夜中に親父とお袋がコソコソ話してるの、聞こえるから」

「へえ。だって、健ちゃんのとこ、社長さんでしょ？」

「ちっぽけな会社だぜ。苦しいんだ、経営が」

「潰《つぶ》れるの？」

「はっきり言うなよ。――ま、ちょっと危いみたいだけどな」

「大変ねえ」と、靖子はコックリと肯《うなず》いた。「でも、それと健ちゃんの誕生日と、どういう関係があるの？」

「プレゼントに、何を買おうか、って、親父とお袋が話してんだ。――俺、別にほしくないんだけどさ、やっぱり親としては、何もやらないってのはまずいんじゃないか、と思ってんだよな」

そう。今は、結構、学校なんかでも、

「今日は○○君の誕生日です」

とか言ったりして、そうなると、「プレゼントに何もらった？」って話になっちまう。

そんなとき、

「うち、今家計が苦しいから、何もくれなかったんだ」

とは言いにくい。

その辺は、健一の両親も、よく分っているのだ。

「じゃ、何か安い物にしてもらったら？」

と、靖子が言った。

「うん。それも考えたんだけどな……」

「まずいの？」

「俺の方から、そんなこと言い出したら、二人の話を聞いてたのがばれちまうだろ？

いつも、『あの子にだけは知らせないようにしよう』とか言ってんのにさ」

「へえ。偉いね、お宅の両親」

「子供としては、知らん顔して、プレゼントもらうのが親孝行かなあ、とも思うんだけど。といって、苦しいのも分ってるから、複雑なんだよな」

「なるほどね。――大変なのねえ、プレゼントってのも」

「だから、誕生日もあんまり嬉《うれ》しくないんだ」

健ちゃんは、空を見上げた。――いい青空だった。

そして――何日か後、同じ場所、同じ顔ぶれで、空は重苦しい灰色だった。

「参ったよ」と、健一は言った。

「どうしたの？」

「明日、誕生日なんだ。――でも、うち、いよいよ苦しいらしくてさ」

「プレゼントのことね」

「ゆうべ、親父とお袋、大ゲンカしたんだ。親父は『現実は厳しいんだから、あの子にも我慢させろ』って言うし、お袋は『そんなこと言ったって、まだあの子は十歳なのよ』って言い返すし。――俺のプレゼントのことでケンカしてるんだから、出ても行けないしな」

「苦労するね」と、靖子は言った。

「どうしたらいいんだろうなあ」

健一は、途方にくれたように言った。――靖子は、何やら考え込んでいたが、

「ねえ、私も健ちゃんにプレゼントあげようって考えてたんだ」と言い出した。

「サンキュー。でも、それで代りにしようってわけにはいかないよ」

「分ってる。——私に考えがあるんだ」

靖子は、大人っぽく、ウインクして見せた。

その日の帰り、靖子は、健一の家にやって来た。健一は、友だちと野球をしている。

「あら、靖子ちゃん」

と、母親が出て来た。「健一はまだ——」

「ええ、知ってます」

と、靖子は言った。「明日、健ちゃんのお誕生日ですね」

「ええ……。そうなのよ」

「そのことなんですけど」

「え?」

当惑顔の母親に、靖子は、健一が、両親の話を聞いていて、何もかも知っていることを打ち明けた。

「そう……。あの子ったら——」

と母親が声を詰まらせる。

「健ちゃんは、その気持だけでいいと言ってるんです。プレゼントなんていらない、って」

「そう。──でもねえ、うちのお父さんは、あの通り石頭だけど、私はせめて──」

「だから、形だけ、プレゼントしてあげて下さい」

「形だけ？」

「空の箱を、包装してリボンかけて。それなら安く済みます」

「でも、そんなこと──」

「ご両親の気持がプレゼントになってるんですもの。ちゃんと健ちゃんには分ります よ」

母親は、ちょっと寂しそうに肯いた。

「そうねえ……。うちも、ここ何日かが大変らしくて。もう少し落ちついたら、改めてプレゼントをし直そうかしら」

「そうですよ！　じゃ、私が来たこと、健ちゃんには黙ってて下さいね！」

靖子は、小走りに帰って行った。

──帰宅した父親は、仕事と金ぐりのことで頭が一杯のようだった。母親の話も、ろくに耳に入らない様子。

そして、健一の誕生日の朝が来た。

朝食の席は、重苦しい気分だった。

母親は、やっぱり空の箱なんて、あげない方が良かったんじゃないか、と悩んでいた。父親は、口には出さなかったが、息子の誕生日に何も買ってやれないことで、沈んだ気持だった。

そこへ——健一が飛び込んで来た。

「ありがとう！　これ、欲しかったんだ、前から！」

と、嬉しそうに、箱をかかえている。

「健一——」

と言いかけて、母親は、目を丸くした。

健一が、箱の中から、真新しいグローブを取り出したからだ。

「良かったね」と、靖子が言った。

再び校庭である。健一は、ちょっと照れくさそうに、

「俺、芝居するの苦手だなあ。やっぱり俳優にはなれないや」

「当り前じゃないの」

と靖子は笑った。「びっくりしてた?」

「うん。親父とお袋、顔見合わせてた」

「お父さんは、きっとお母さんが買ってやったんだ、と思ってるし、お母さんは、やっぱりお父さんがこっそり買って来たんだと思ってるでしょうね。——ケンカしなくなるわよ、きっと」

「ヤッコのおかげだな」

「友だちじゃない」

と、靖子は、ちょっと赤くなった。「それに、一つのプレゼントで四人も幸せな気分になれれば、お徳用だわ」

「四人って? 俺と親父とお袋と——」

「私よ!」

靖子は立ち上ると、「さあ、もう教室に帰ろうよ!」

と走り出した。健一もあわてて追いかける。

——言い忘れた。

この日は、とてもいい天気だった。

# 謝恩会

謝恩会というのは、本来、文字通りに解釈すれば、先生の恩に感謝する会合であろう。

それが、いつから「シャオンカイ」という名のファッション・ショーに変ったのだろうか？

ともかく、やって来る女の子たちは、めいめいが、思い切り着飾って来る。和服、カクテルドレス、スーツなど、スタイルは様々だが、中には、アイドル歌手がステージで着るのにも使えそうな、華麗なドレスだってあるのである。

――その謝恩会の会場も、例外ではなかった。

男子学生もいるのだが、ともかく今日ばかりは、女子大生の圧倒的な存在感の前に、影の如き有様であった。

それに、ともかく、にぎやかだ。いや、にぎやかを通り越して、やかましい。

アルコールが入っているのだから、なおさらのことだ。会場は、正に宴たけなわ……。

「遅くなりまして……」

前田《まえだ》洋子《ようこ》は、そっとドアを開けて、中へ入って来た。

ほんの少しだったが、会場内の騒音が下った。――前田洋子が、いかにも目立ったからである。

というと、よほど珍奇な格好をして来たのかと思われるかもしれない。――その逆だ。

洋子は、黒一色のワンピースで、やって来たのである。

それが、やたら明るい色ばかりの会場の中で、目立ったのだ。

しかし、洋子はもともとが、そう目立つ子ではなかった。至って控え目で、おとなしい。

その洋子にしても、この会場へ、黒一色とは、ちょっと暗すぎる感じではあったが……。

そう思ったのは、一人や二人ではなかったのである。

――英文学の教授、田代《たしろ》は、洋子を見てギョッとした。話をしていた相手に、

「ちょっと失礼」

と、言うと、新しいカクテルグラスを手にして、じっと洋子を見つめていた。

畜生！　当てつけがましく、黒服なんか、着て来やがって！

俺だけのせいじゃないぞ。そうとも。

そりゃあもちろん――俺は教授であっちは学生という、立場の違いはあるが、学生ったって、大学生となれば大人も同じだ。

男と女の関係ってのは、どっちの責任だ、なんて言えやしないはずだろう。

そう思っても、田代には、いざ、事が公になれば、自分の方が責任を問われることは分っていた。

田代は、さり気ない様子を装いながら、洋子の方へ近づいて行った。

「あ、田代先生――」

と、洋子が言った。

「君、どういうつもりだ？」

と、田代は声を押し殺して言った。

「何のことですか？」

「とぼけるなよ！　こんな所に黒服か？　喪服のつもりなのか？」

「あ、これは――」

「堕した子供のことは可哀そうだと思うが、何もこんな所で当てつけなくたって、いいじゃないか」

田代は素早く左右を見回すと、ポケットから財布を出して、一万円札を五、六枚抜き出し、洋子の手の中へ押し込んだ。

「先生──」

「これは、そのときの手術代だ。僕の負担分はこれくらいがいいとこだろ」

田代は、何食わぬ顔で歩いて行った。

洋子はキョトンとしていたが、やがて、ふと笑顔になって、人の間を分けて行った。

「大山《おおやま》君」

と、男子学生の中では目立つ、ハンサムな青年に声をかけた。「久しぶりね」

「や、やあ……」

大山は、ギクリとして、なぜか、あわてて洋子の肩を抱くと、「こっち、こっち」

と、隅の方へ連れて行った。

「どうしたの？」

と、洋子は少々寂しい思いで訊《き》いた。三年生のときは、結構仲良くしていたのに。

「ねえ、君には悪かったと思ってるんだ」

と、大山は言った。「本当だよ。でも、仕方ないだろ、人生ってのは、金がものを言うんだから」

「何の話？」

「分ってるくせに！　彼女に君のこと知られちゃ、まずいんだ。何しろ彼女の親父さんは、君のお父さんの商売敵だからな」

大山は、ちょっと肩をすくめて、「下島《しもじま》家の養子になれば、行く行くは、あの会社のトップになれる。大企業じゃ、そんな所まで行けないからね」

「じゃ、下島さんと――」

「だから、君の気持は分るけど、ここは黙っててくれよ。僕の未来がかかってるんだ」

洋子は、ちょっとムッとしたように、

「大山君、私は――」

「しっ！　彼女、僕を捜してる。いいね、君は僕のこと、知らないんだぜ」

「あのね、私――」

「ほら、これ」

大山はネクタイピンを外すと、「本物のダイヤモンドがはめ込んであるんだ。高いんだぜ。売ればいい金になるよ。これで黙っててくれ」

「大山君……」

と、洋子が言いかけたときは、もう大山は未来の妻のそばに、べったりと、くっついていた。

洋子がポカンとして立っていると、いつの間にか、歴史を教えていた早川《はやかわ》女史が立っていた。

「あ、早川先生」

と、洋子はホッとしたように言った。

が、早川女史は、寂しげだった。白いワンピースが、なかなかよく似合う、独身の美女だった。

「洋子さん……」

「はい」

「あなた、約束を破ったわね」

「え？」

「謝恩会では、一緒に白い服を着よう、と言ったじゃないの」

「あ——すみません、実は——」

「いいのよ」

と、早川女史は涙ぐんでいる。「あなたとは、どうせ別れる運命だったんだわ」

「はあ？」

「私があなたのことを愛していたのに、気付いてたのね。そのけりをつけるために、わざわざ黒い服を着て来て……」

洋子は啞然《あぜん》としていた。

「あの、先生――」

「それじゃ、あまりに寂しいわ」

と、早川女史は、自分の真珠のネックレスを外して、洋子の首にかけた。「本真珠なのよ。――よく合うわ」

「でも……」

「これが私のお別れのプレゼントよ」

早川女史は、涙をこらえて、足早に行ってしまった。

「――さあ、何人かの方に、一言ずつ、先生や学友へ、お別れの言葉を言っていただきましょう！」

と、司会役の学生がマイクを握った。

目立った所の二、三人が済むと、司会者は、

「今度は、一人、黒い服で、ぐっとシックに決めている前田さんにお願いしましょう！」

と言った。

気が付くと、洋子はマイクを握らされていた。——田代教授と、大山が、気が気でない様子で彼女の方を見ている。

「あの——すみません、こんな——お葬式みたいな格好で」

と、洋子は言った。「実は、このワンピース、真っ白だったんですけど、猫が黒インクを引っくり返しちゃって、それがとても落ちないんです。で、仕方なく、黒に染め直して。——他の服じゃ、太っちゃったので、合わなかったんです」

洋子は、ちょっと会場を見回して言った。

「今日は、本当にすばらしい謝恩会だと思います」

そして付け加えた。「できることなら、何度でもやりたいわ！」

# 流れの下に

見せてはならない。夫に見られてはならなかった。

綾子《あやこ》は、その包みを抱いて、橋の上に立っていた。――真夜中である。

目の下を、黒い流れが、音もなく動いていた。秘密は、あの流れが、呑《の》み込んでくれるだろう。

綾子は包みを持った両手を、橋から突き出し、ゆっくりと離した。包みは、ことさらにさり気ない速さで落ちて行った。

水音もしない。流れは、何かが当ったことも、感じないかのようだった。

そう。――大したことじゃないんだわ、と綾子は思った。

こんなこと、どうというほどのことじゃない……。

もう帰ろう、と綾子は思った。明日は夫の入院だ。早く起きなければならない。

綾子は、急ぎ足で家に戻った。――裏木戸から入り、台所の戸を開けて、そっと中へ入った。

夫が立っていた。

「あなた……」

綾子はびっくりした。「どうしたの？」

夫のやつれた顔は険しかった。

「どこへ行ってたんだ！」

と、声を震わせて怒鳴った。

「どこって――」

「分ってるぞ。まずい物を見付けたんだな。それを川へ捨てて来たんだろう！」

「あなた、何を――」

「隠してもだめだ。昼間、お前が屋根裏部屋を片付けているとき、こそこそと逃げるように、手洗いへ入って行ったのを、俺はちゃんと見ていたんだぞ」

「何でもありませんよ」

「嘘をつけ！」

夫は、本気で怒っている。綾子も、少し青ざめた。

「何を捨てたんだ？」

「何でもありません」

「それなら、他のゴミと一緒に、捨てればいいだろう！」

「私が何を隠すとおっしゃるの？」

と、綾子は訊き返した。

「教えてやろう。——北山《きたやま》の手紙だ。どうだ、図星だろう」

綾子は、目を大きく見開いた。それから、ゆっくりと、視線を足下に落とした。

「あいつとできてたんだな！」

夫の平手が飛んで来た。綾子は打たれて、床に倒れ伏した。目のくらむような痛みだった。

顔を上げると、三つになる娘の有紀子《ゆきこ》が、怯《おび》えたような目を見開いて、じっと立ちすくんでいた。

「私は誰の子なの？」

と、有紀子は訊《き》いた。「お父さんの？　それとも北山という人の？」

「それを訊いて、どうするの？」

綾子は、庭の、名もない雑草や、小さな花を見ながら、言った。

「知りたいのよ」

有紀子は、ためらいがちに言った。「お母さんにこんなことを訊くの、残酷かもしれないけど……。でも、この二十年間、ずっと引っかかっていたの。――どういう答えを聞こうと、お母さんを責める気、ないわ」

有紀子は首を振って、

「お父さんが死んだとき、私はまだ四つだった……。お母さん、ずっと苦労を一人で背負って、私を育てて来てくれたわ。だから、今さら、お母さんの過去をとやかく言うつもりはないの。ただ――私も、明日結婚するし、自分の血のつながりを、知っておきたいの。それだけよ」

綾子は、しばらく庭から目を離さなかった。大分白くなった髪を、明日は黒く染めるつもりである。

「いいでしょう」

綾子は言った。「あなたには教えてあげる」

有紀子が、座り直した。綾子は笑って、

「そうじゃないのよ。あなたの父親は、間違いなくお父さんよ」

「え？」

「私が教えてあげると言ったのは……あのとき、川へ捨てたもののこと」

「お父さんが言ったのは――」

「北山さんの手紙だとね。でも――道ならぬ恋をするのに、そんな手紙なんか出したりしませんよ」

綾子は、穏やかに微笑んでいた。

「じゃあ――何だったの？」

綾子はまた視線を庭へ向けた。少し陽がかげって、庭を眠らせた。

「私と結婚する前、お父さんには、愛している人がいたわ。いえ――少女、というべきかしら。名前を――」

晶美《あけみ》は、決して目立った少女ではなかった。

中学校で、彼の一年後輩だった。

綾子は、そのころから、彼に心魅《ひ》かれていたが、同時に晶美とも親友同士という間柄だった。

晶美も綾子も、まだ恋心を口に出すには幼なかったので、彼をめぐって、争うこともなかった。

家柄や、家の豊かさでは、綾子の方がずっとまさっていた。晶美の家は父を亡くして、母と二人暮しで、貧しかった。

しかし、晶美は美しかった。それも、美しさを誇るというのではなく、控え目に、目立たずに、慎《つつま》しげな美しさ、というべきだったろう。

綾子ほどに、いい服も着られなかったし、遊びも知らなかったが、それでも、綾子は内心ひそかに、「晶美の方が美しい」と思っていた。

——その事件は、暑い夏休みの一日に起った。

綾子の家に、晶美が逃げ込んで来たのだ。ちょうど、彼もそこに来合わせていた。追って来たのは、町でも名家といわれる家の使用人たちで、晶美の母親がその家で働いていたのである。

「その娘を渡せ！」

と、男の一人が怒鳴った。

男たちの話では、その家の令嬢の部屋から、宝石が失くなったというのだった。そして、たまたま晶美が、そのとき母をたずねて、その家に来ていたのだ。

晶美が、それを盗んだのに違いないというわけだった。

彼は怒った。晶美を奥へやり、追って来た男たちを相手に、取っ組み合いの喧嘩《けんか》でもせんばかりであった。

その剣幕に恐れをなしたのか、追って来た男たちは、毒づきながら帰って行った。

向うも証拠があって言っているわけではなかったのだ。

彼は、青ざめて震えていた晶美の所へ行って、優しく肩を抱いてやった。

事件は、終らなかった。——夏休みの間に、晶美が宝石を盗んだという話は、町中に広まっていて、学校が始まっても、誰も晶美と口をきこうとしなかった。

母親も仕事を失い、町では買物一つできない。いわゆる村八分にされたのだ。

もともと貧しかった晶美と母親にとっては、深刻だった。

——彼は、はっきり晶美を愛するようになっていた。それは同情ではなく、もっと力強い愛情で、綾子は、晶美に同情を寄せながら、同時に、自分も悲劇のヒロインになりたい、と思ったりした。

しかし、一学生の愛情が、母と子の生活を支えてくれるわけではない。

悲劇は、晩秋のある日、晶美と母親が、川に身を投げるという形でしめくくられた。

「お父さんは、その後、この家に婿入りしてあなたが生れたのよ」

と、綾子は言った。「でも、お父さんの中には、晶美さんの想い出が生き続けていたわ。私はあの人の妻だったけれど、あの人の恋人は晶美さん、ただ一人だった……」

「気の毒な人だったのね」

と、有紀子は、そっと息をついた。「でも……そのことと、どういう関係が？」

「私が、あの日屋根裏部屋で見付けたのは、布に包んだ宝石だったのよ」

綾子の言葉に、有紀子は息をつめた。

「それじゃ——」

「晶美さんは、追われて、この家へ逃げ込み、お父さんが、追って来た男たちとやり合っている間に、屋根裏部屋に上って、包みを隠したのよ」

「それがずっと……」

「そう。あの日、片付けをしていて、タンスの裏側から見付けたの」

「なぜ、そう言わなかったの！」

綾子は微笑んだ。

「お父さんの病気が進んでいることは、もう分っていたの。——そのお父さんにとって、晶美さんは、汚れのない、永遠の女《ひと》だった……。真実を教えて、何になったかしら？」

「お母さん……」

有紀子は声を詰まらせた。「お父さんを本当に愛してたのね」

綾子は、ちょっと照れたように笑って、言った。

「男はね、いつまでもロマンチストなのよ。少年みたいにね……」

# 長い失恋

　また、雨になりそうな午後だった。

　私は、ごくありふれた中華料理の店——というより、要するにラーメン屋だが——に入っていた。

　こんな店は久しぶりだ。

　ちょうど昼食時で、店は混雑していた。奥の方の席に座った彼女も、他の客と相席である。

　気付かれなくて、都合がいい。店が空《す》いていては、彼女が私のことを目にとめるかもしれない。

　足下に置いた買物袋が倒れないように、しきりに気にしながら、彼女はランチを手早く口に運んでいた。——面影は、充分にある。

　もちろん、二十年近い歳月は、彼女を変えていないわけではなかったが、その点は私も同じだ。

そろそろ、彼女の方も食べ終るようだ。私は一足先に店を出ることにした。

金を払い、表に出る。朝方の雨で、道が濡《ぬ》れていた。今は降っていないが、いつ降り出してもおかしくない。

表の傘立てに、彼女の傘が入っていた。もう大分使い古した、折りたたみの傘。

私はそれを抜き取ると、歩き出した。――少し行くと、人っ子一人いない、小さな公園があった。その植込みの中へ、傘を放り込んで、私は歩き続けた。

運転手が、ベンツのドアを開けて、待っている。乗り込んで、

「このまま、少し待っていてくれ」

と、私は言った。

彼女がやって来たのは、五分ほどしてからだった。傘を捜していたのだろう。

結局、諦《あきら》めて、帰りを急ぐことにしたのだ。荷物をかかえて、足早に、私の車のわきをすり抜けて行く。

――まるで、私がボタンでも押したかのように、雨が降り始めた……。

「祐子《ゆうこ》さんじゃないか」

車の窓を下げて、声をかけると、彼女は、キョトンとしてこっちを見ていた。

それはそうだろう。雨の中を急いでいたら、突然目の前に車が——それもベンツが停って声をかけられたのだ、面食らうに決っている。

私は車から出て、走って行った。

「僕だよ。忘れたのかな」

「まあ。——功一《こういち》さん」

「やっと思い出してくれたか。——どこかへ行くの？」

「え——あの——買物の帰りで、傘を盗られちゃったらしいの」

「そいつはひどいな。——乗りなよ。送ってあげる。僕は別に急ぐわけじゃないんだ」

彼女に、ためらいがあったのは当然だ。しかし、折から一層強くなった雨が、彼女に決心を強いたのだった。

車が走り出すと、彼女は私のハンカチで、濡れた髪を拭《ふ》いた。二十年前、それに触れるのを夢見た髪だ。

「あなたの車？」

と、祐子が言った。

「うん。自分では運転できないから、運転手を雇ってる。——帰りは急ぐの？」

ちょっとためらってから、

「いいえ」

と、祐子は答えた。

一流ホテルのラウンジで、祐子は、居心地悪そうだった。

「偉くなったのね」

と、笑顔を作って言った。

二十年前。私たちの立場は逆だった。

祐子は、社長の令嬢。私は貧乏な、勤労学生だった。私たちの恋は——いや、私の恋と、彼女の気まぐれは、半年ほどで、あえなく終ったのである。

彼女にしてみれば、面白い店も知らず、遊び場にも通じていない、しかもコーヒー一杯、おごる金にも事欠く私など、付き合っていて、退屈な存在だったことは当然である。

振られたことで、私は彼女を恨んだことはない。それなら、二度と会いたいとも思わなかったろう。

「たまたま仕事がうまく行ってね」

と、私は言った。

「でも、大したもんだわ、本当に」

と、祐子は、アイスティーを飲みながら、言った。

「相変らず、アイスティーか」

「え?」

と訊《き》き返して、「ああ、そうね」

と、笑った。

この笑顔は、少しも変らない。

「主人は、父の会社で働いてるの」

と、彼女は言った。「でも今は不況でしょ?　何かと苦しくて……」

「そうだろうね」

「でも――」

と、彼女は、ちょっと小首をかしげて、「人生、いいときも悪いときもあるものね」

私は、二十年前そのままに、胸のしめつけられる思いを味わった。

「子供は?」

「二人。――もう中学生よ。信じられないわね」

「本当だな」

「あなたは？」

「僕のところは三人だ。男ばかりだよ」

「まあ、うちと逆ね」

「三人とも女の子？」

「そうなのよ。いやになっちゃう！」

二人して笑った。

祐子自身、四人姉妹の末っ子なのだ。女系の家なのである。

少し話をしてから、私たちは、席を立った。

「送るよ。まだ降ってる」

「悪いわね」

「時間を持て余してたんだ。まだ夕方までは暇なんだよ」

と、私は言って、彼女の顔を見た。「君は？」

「私？」

「二人になれる所に、行かないか」

祐子が目をそらした。唇が、小刻みに震えている。肩に回した私の手を、彼女は払いのけなかった。

私は、ベッドの中で、そっと薄目を開けていた。——眠ったふりをしていたのだ。

祐子が、ベッドを脱け出て、服を着るのが、ぼんやりと目に入った。

時計を気にしながら、仕度をしている。仕事に行く時間が近づいているのだ。

私の方を、ちょっと見て、それから、ドアの方へ行きかける。——そして戻って来た。

テーブルに投げ出した私の札入れ。その中の札の束を、彼女はじっと見ていた。

震える指先が、その札を抜き出そうとしていた……。

——私は、探偵社の調査で、何もかも承知していた。

父親の会社が倒産、そこの部長だった彼女の夫は、蒸発してしまった。父親も、心労がもとで世を去った。

彼女は、残された二人の子供を、スナックやスーパーで働きながら、育てて来たのだ。

だが、私に、そうは言えなかったのだろう。

当然のことだ。

――彼女は抜きかけた札を、また戻した。

持って行ってくれ。さあ。せめてもの、僕の初恋への礼金だ。

彼女は迷っていた。拳《こぶし》をかんで、じっと札入れを見下ろしている。

そして――思い切った様子で、札を抜き取ると、自分の財布へ押し込み、荷物を手に、逃げるように、部屋から出て行った。

私はホッとした。――これでいい。

いくらか、彼女の家計の足しになるだろう……。私は、改めて、ゆっくりと眠った。


「――大分降ってるな」

と、私は、言った。

会社を出るところだった。

「お車は――」

「裏へつけてくれ。途中寄る所があるから、その方が便利だ」

「かしこまりました」

運転手が、地下の駐車場へと階段を降りて行った。

私は、ビルの一階のロビーで、タバコをふかしながら、表を見ていた。

そして——祐子を見付けた。

向いのビルの出入口へと駆け込むようにして、傘をたたんだ。

そして、傘を小さく折りたたむと、ビニール袋へ入れ、それを、手さげの袋の底の方へと押し込んでいる。

私は、彼女がじっと、こっちのビルを見ているのを感じながら、タバコを灰皿へ押し潰《つぶ》した。

裏口から車に乗ると、運転手が、

「どこへ行かれますか?」と訊いた。

私は答えられなかった。——私は泣いていたのだ。

二十年の恋を、今、失ったという思いで……。

# 長い長い、かくれんぼ

「おい、かくれんぼ、しようか」

パパに言われて、マリは、ちょっとキョトンとしていた。

今、マリは絵本を広げていた。

といっても、誤解してはいけない。マリはまだ五歳とはいえ、ちゃんと字もよく知っているし、かなりむずかしい漢字だって、読めるのだ。

ただ、たまたま今は、昔、よく読んでいた絵本を広げて眺めていた、というだけのことなのである。昔、というのもおかしいかな。

でも、マリから見れば、一年前は、もうずっと昔なのである。

それはともかく、マリがキョトンとしたのも無理はない。今日はなにしろ、変ったことばかり起きるからだ。

大体、パパが、お昼に家に帰って来たのが驚きだった。

パパはえらく忙しい。平日はいつもマリが寝入ってから帰って来るし、朝も、マリが目を覚ます前に出て行く。

つまり、マリと顔を合わせることは、めったにないのである。

で、休日は、というと――半分は仕事で出て行く。残りの半分だけ、家にいる。でも、いつもあんなに忙しいので、たいていは、引っくり返って寝ている。

マリには不満である。たまにはパパと遊びたい、と思う。でも、ママから、

「パパは疲れてるんだから、寝かしといてあげなさい」

と言われると、マリも、そうだなあ、可哀そうだものね、と思って、一人で遊ぶことにするのだった。

そのパパが――今日は何とお昼に帰って来た。

お昼のご飯を三人で食べるなんて、マリにはまるで夢のような出来事だった。

でも――その割には、ママが何となく哀しそうで、口をきかなかったけど、マリにはあまり気にならなかった。

そして、パパは何やら買物があると言って出かけて行った。ママは台所に立ちっ放し。そして、マリは絵本を広げて……。

帰って来たパパが、「おい、かくれんぼ、しようか」と言ったとき、マリがキョト

ンとしていたのも当り前だろう。

「いやなのか？」

パパはニコニコ笑っている。

「やろう、やろう！」

マリは飛び上るようにして、言った。

マリたちの家は、丘の上にポツン、と建っていて、近所には、あまり家がない。かなり、大きな町からは遠くて、パパがいつも遅いのも、一つにはそのせいだった。でも、その代り、大いに緑は残っていて、散歩したり、駆け回ったりする場所には事欠かない。

「よし、最初はマリがオニだぞ。うまく見付けろよ」

「うん！」

こうして、かくれんぼが始まった。

マリは、時間のたつのも、汗が流れるのも気にしなかった。こんな風にパパと遊ぶのは、生れて初めてだったのだから！

何度、木の幹に向って立ち、目をつぶって、夢中だった。

「いーち、にーい、さーん……」

と数えたか、マリにも分らなくなるくらい、夢中だった。

「——やあ、マリにはかなわないな!」

と、パパも汗を拭《ふ》きながら言った。

「今度はマリがかくれようかな」

「いいとも。パパが、すぐに見付けてやるぞ」

パパは息を弾ませて、「この辺じゃ、すぐに見付けちゃうな。よし、あっちへ行こう」

家から少し離れて、ビルが建っていた。

間にたくさん木があるので、家からは見えないけれど、音はいつも聞こえた。

つまり、工事中だったのだ。でも、来てみると、もう、ビルはほとんど出来上っていた。

「今日はここもお休みなのかなあ」

と、マリは言った。

「そうらしいな。誰もいないからね。——よし、ここでやろうか」

「うん」

「でも、気を付けるんだぞ」

「分ってる！」

「よし。じゃ、ここでパパが十、数えるからな」

「いいよ！」

マリは、空っぽのビルの中へと入って行った。

面白い場所だった。いくらでも、空っぽの部屋があるのだ。でも――隠れるには、少々適当じゃない。だって、何もないんだから。

「どこがいいかなあ」

と、マリはあたりを見回した。

ドアが一つ、開いていた。重そうな、分厚いドアだ。

覗《のぞ》いてみると、階段が、下の方へのびている。地下室らしい。

ここがいいや。――マリは、そっと降りて行った。

下も、結構明るかった。上の方にガラスをはめた明り採りの窓があったのだ。

きっと色々、荷物をしまっておくところなんだろう。

現に、大きな箱が、一つ置いてあった。

「さあ、どこかな……」

パパの声が聞こえる。——マリは階段を急いで上って行くと、重いドアをそっと閉めた。少し薄暗くなる。

「さあ——見付けてやるぞ」

パパの声が、ドアの前を通り過ぎて行った。うまく行った！

——しばらく待ったが、パパがここを捜しに来る気配がない。まるで見付からないのも、つまらない。

マリは出て行くことにした。ドアを開けようとして——びっくりした。開かないのだ！

いくら引いても押しても、開かない！

「パパ！——パパ！」

大声で呼んだ。その内、泣きながら叫んだ。でも——何の返事もなかった。

何時間たったろう？

少し、暗くなりかけていた。マリは、お腹が空《す》いていた。

パパが、きっと捜しに来てくれる。そう信じてはいたけれど、だからってお腹が一杯になるわけじゃない。

ふと、地下室の真中に置いてある、大きな箱に気が付いた。

あれ……何か食べるものでも入ってないかしら？　でも、まさか――。

箱は簡単に開いた。マリは目を丸くした。

だって――注文通りに、そこには食べる物がたくさん入っていたのだ。

紙にくるんだり、ポットに入れたり、プラスチックの器に入れたり……。サンドイッチとか、ビスケット、お菓子類、おにぎり、そして冷たい水……。

凄《すご》くたくさんある！　マリは、あんまりびっくりして、しばらくは、お腹が空いているのも忘れていた……。


「ここは誰もいないだろう」

と、一人が言った。「まだ出来上ってなかったんだ」

「でも一応覗いてみよう」

奇妙な、ダブダブの服に身を包んだ二人の男は、建設中のままになっていたビルへと入って行った。

「――おい！　誰かいるか！」

声が反響した。「――返事がないな」

「おい、見ろ！　あのドアだ！」

と、もう一人が言った。

「やっとパパ、迎えに来たの？」

ドアが開くと、マリは言った。でも——違う、パパじゃない。

「君——ずっとこの中に？」

変てこな格好のその男が言った。

「うん、かくれんぼしててね、ここが開かなくなっちゃったの」

「そうか……。でも食べるものは？」

「下に、たくさんあったよ。でも、もうあんまりないけど。何日ぐらいいたのかなあ」

「二週間だよ」

と、男の一人が言った。「そうか。——よく頑張ったね」

「寂しかったけど、泣かなかった。おうちに帰っていい？」

男たちは顔を見合わせた。

「ねえ、よく聞くんだよ」

いくらマリは頭がいいといっても、その話はチンプンカンプンだった。

核戦争……死の灰……二週間……何のこと？

「ともかく、行こう」

と、男が促した。「一応病院に――」

歩き出したマリは、ふと、地下室へのドアを振り向いて見ると、

「あ！　パパ、いたずら書きしてる！」

と言った。

ドアに、大きな字で、

〈この中に子どもがいます〉

と、書いてあったのだ。

「そうだね。――いいパパだなあ、君のパパは」

いたずら書きをして、どうしてほめられるのか、マリにはさっぱり分らなかった。

# 勝手にしゃべる女

直子《なおこ》が、それまでは嫌って、断り続けていた「お見合」というものをする気になったのは、大した理由があったわけではない。

そろそろ焦らなきゃいけないというほどの年齢でもなかったし、それに——これは直子の名誉のために、特に付け加えておかなくてはならないが——失恋したから、というわけでもなかった。

ただ、たまたま美容院で手にした週刊誌に、〈お見合〉の特集記事が載っていて、それがちょっと面白かったという、それだけのことである。

しかし、だからといって、直子が結婚というものを、軽く考えていたというわけではない。

一応、人並に幸せな妻になりたかったし、母親にもなりたいと思っていた。

ところが——間が悪いということはあるもので、いつも二つや三つ、縁談を用意し

ている伯母《おば》の所へ行くと、

「あら！ つい先週、一組まとまったばっかりよ」

と言われた。「後、まだいくつか残ってるけど……直子さんには、どうかしらねえ。一番ぴったりの人だったのよ、ついこの前。――本当に、あと一週間早かったら！」

ここで、あんまり残念そうな顔を見せてもプライドにかかわる、と、直子は、

「いいのよ、だって、そんなにお見合したいわけじゃないの。ただ、ふっと、してみてもいいかな、と思っただけ」

と言い訳した。

「今度、いいのが来たらとっとくからね」

伯母は、まるで魚屋さんみたいなことを言った。

何となく肩すかしを食った直子は、伯母の家の帰り、かつてのボーイフレンドの家へ寄ってみた。

真面目人間で退屈なのが欠点の男だった。この一年くらい、まるで連絡もしていなかった。

彼の方から、何度か手紙や電話もあったのだが、直子は返事も出さずに放っておいた。それを今になって訪ねて行くというのも、ちょっと身勝手かという気もしたが、

ともかく、ものはためしだ……。

あの人、確か、独身のくせに、割としゃれたマンションに住んでた。――直子は記憶を辿《たど》って、すぐに探し当てた。

日曜日だけど、家にいるかしら？

玄関のチャイムを鳴らして、少し待つと、ドアが開いて――。

直子は、ムシャクシャしながら、通りを歩いていた。

久しぶりでボーイフレンドに会おうと訪ねて行けば、奥さんが出て来て、しかもお腹が大きいと来ている！

直子はすっかり頭に来ていた。

「あら、直子さんじゃない？」

声をかけられて振り向き、直子はため息をついた。よりによって……。

親類の間でも、変り者で通っている叔母《おば》だった。みんな敬遠して、近づかない。そんな人に、何もこんなときに出くわさなくたって。

直子は挨拶《あいさつ》だけして逃げ出そうとしたのだが、

「時間あるんでしょ？　ちょっとお茶でも飲みましょうよ。ね？　さあ――」

と、強引に引っ張られてしまった。

どうにでもなれ。――直子は、捨て鉢な気分で、叔母について行った。

「お見合？」

と、直子はびっくりして言った。

「とてもいい人で、学歴も申し分ないのよ。少し年齢は行ってるけど、落ちついていて、収入もあるし、といって、子供が生れても、将来困るほどの年齢でもないしね」

「そんなにいい方なんですか」

「大学は東大。お勤めは――」

と言いかけて、「まあ、問題は人柄よ。どんなに経歴や収入が良くても、人間がよくできてないと、仕方ないものね」

「そうですね」

「ちょうど写真があるわ。ほら、ごらんなさい」

叔母は、ハンドバッグから、一枚の写真を取り出して、直子に渡した。

少しぼけた写真だったが、一応ちゃんと写っている。

なるほど、少し老けてはいるが、なかなかいい男である。

「もし、会ってみる気があるなら、今夜私の所へいらっしゃい」

「叔母さんの所へ？」

「九時にこの人が来るの」

直子は、ちょっとびっくりした。――何しろ、この叔母の住んでいるのは、小さな古ぼけたアパートで、直子も一度行ったことがあるが、ちょっと、二度と行こうという気にはなれない所だったのだ。

「毎週来てくれるのよ。だから、今夜も必ず――」

「分りました」

まあ、会って悪いこともあるまい、と直子は思った。「じゃ、九時少し前にうかがいます」

「ともかく、いつも礼儀正しい、とても気持のいい人なのよ」

「どういうお知り合いなんですか？」

「いつも身なりも小ざっぱりしているし、高いものを持ってるしね――」

直子は、少し話をしていて、妙なことに気が付いた。

叔母が、一向に直子の質問に答えてくれないのだ。

というより、叔母は、まるきり直子の話が耳に入らないようで、一方的にしゃべっている。――耳が遠くなったのかしら？

まだそれほどの年齢ではないはずだが。

でも、まあいい。お見合の相手とは、関係のないことだ。

ただ——この写真の男性、どこかで見たことがあるような気がする。

どこで見たのだろう？


夜、九時少し前に、直子は叔母の家に行った。

「さあ上って。もうすぐみえるから」

叔母は上機嫌である。

部屋は相変らずで——いや、むしろ以前より、侘《わび》しい感じだった。

古くなったし、畳も色が変っている。大した家財道具もない。

テレビが点《つ》けっ放しになっている。

——どうしてこんな部屋でお見合をするのかしら？

お見合なら、もっとどこか、立派な所の方が……。でも、まあここで会ってから外へ出たっていいのだ。

「あなたもきっと気に入るわ」

と、叔母は自信ありげである。「あちらがあなたのことを気に入って下さるといいんだけどね」

「そろそろ九時――」

「時間も、とても正確な方なのよ。これが人柄をよく表わしてるわ」

テレビで、九時の時報を打った。

「――ほら、みえたわ」

と、叔母は言った。

確かに、写真の男が現われた。

「今晩は」

「はい、今晩は」

と叔母は挨拶して、「うちの姪《めい》をご紹介しようと思いましてね。とても可愛い子でしょう？」

だが、男は話を聞いていなかった。勝手にしゃべり続けていたのだ。

「今日のニュースを申し上げます」

――見た顔が、テレビのブラウン管の中で、言った。

「ぜひあなたにもらっていただきたくて。――直子さん、ほら、ご挨拶なさい。どうしたの？」

直子は、いたたまれなくて、部屋を飛び出していた。――後では、二人の、交わることのない会話が続いていた。

# 地下室

「地下鉄にしようよ」

と彼が言ったので、私は笑い出していた。

彼は、ちょっとすねたような顔で私を見た。

「ごめんなさい」

と、私は言った。「でも、本当にあなたって地下鉄が好きなんだもの」

そうなのだ。私たちのデートは、いつも地下鉄で始まり、地下鉄で終る。国電やバスで行った方がずっと近いときだって、彼は地下鉄で、遠回りして行くのである。

時間のむだだと思ったし、それに地下鉄だと、走っている間は、うるさくて話もできない。でも——私はあえて逆らわないことにしていた。

「いいわ、地下鉄でも」

と、私は言った。「でも、その代り、そこでミルクセーキを一杯おごって」

「OK」

彼は、ホッとしたように笑顔になって、私の肩に手をかけた。

地下鉄の駅へつながる地下街の喫茶店に入って、少し落ちつくと、私は、

「ねえ、どうして地下鉄がそんなに好きなの？」

と、訊《き》いてみた。

「うん……」

彼は、ちょっとためらってから、「地下、が好きなんだよ」

と言った。

「昔から？」

「そうなんだ。――話してあげようか」

「聞かせて」

私は、身を乗り出した。

「そんな大した話じゃないんだ」

と、彼は照れたように笑ってから、話し始めた……。


地下室。

彼がそれに憧《あこが》れるようになったきっかけは何だったろう。

幼いころの、おぼろげな記憶——たぶん、何か、少年向けの読物で見た「さし絵」か何かではなかったか。

暗がりの中を、少年と少女が、頭を低くして、こわごわ進んでいく。懐中電灯の光の中を、コウモリが飛んで、クモの巣がキラリと光る。

しっかり握り合わされた二人の手。怯《おび》えた少女の大きな瞳《ひとみ》。——そして闇の中から、二人を見ている光った一対の目……。

色刷りなんかであるわけはないのに、なぜか彼はその目が「赤い」と思っていた。

「——地下室がある、お兄ちゃん」

妹がそう言って来たとき、彼の胸がときめいたのも、当然のことだった。

「だめですよ」

と、母親が言った。「そこは危いから入らないように、って言われてるんだから」

——四人家族、両親と彼、それに妹は、夏休みに、古い貸別荘を借りることにしたのだった。

着いてみると、何だかもう長いこと使われていない、ひどく古い家で、彼はがっかりした。それに、都会っ子なので、やたら虫が這《は》い回ったりしているのを見ると、ゾッとした。

でも、「地下室」という一言で、彼の気分はガラリと変ったのだった。

「どうせ入れやしないさ」

と、父親が荷物を開けながら、「さっき見たが、入口の戸に、板がたくさん打ちつけてあるんだ」

「どうして、そんなことしたの？」と、妹が訊く。

「さあ、知りませんね」

母親は取り合わず、「二人とも、ちゃんと、自分の物を片付けてちょうだい」とせき立てた。

兄妹《きょうだい》は、目を見交わした。二人はそれだけでちゃんと、話がついているのだ。——二人でこっそり探険してみよう……。

——チャンスは、四日目にやって来た。

絵を描くのが好きな父親は（大してうまくなかったけれど）、近くの林へ出かけ、母親は、車を運転して、少し離れた町のスーパーに買物に行っていた。

「おい」

と、彼は、妹に声をかけた。「行こうか」

「うん！」

どこへ、なんて言う必要は全然なかった。

二人は、裏口の方へ回った。地下室の入口は、外にあるのだ。少し、階段を降りると、板が打ちつけられた戸にぶつかる。

でも、二人は、ちゃんと、打ちつけた板の一枚が、腐って、簡単に取れることを確かめていた。

戸を押してみると、少しずつだが、中へ開いて行く。二人は、汗を流しながら、体ごと、戸を押し続けた。

三十センチほどの隙間ができれば、二人にはもう充分だ。

先に、彼が中へ潜り込んだ。妹もくぐって続いて来る。

――かびくさい匂いがした。

「真っ暗だ」

「何も見えないよ」

――でも、入口から洩《も》れ入る光で、目が慣れて来ると、さらに下へ続く階段が見えて来た。

「行こう」

「お兄ちゃん、手を握ってて」

「うん。――下、気を付けろよ」

ワクワクした。――いよいよ地下室に入れるんだ！

思いがけないくらい、深くて、広い地下室だった。半ば手探りで歩いて行くと、古い机や椅子、木箱などが、積み重ねられているのが分った。

「面白いね」

と、妹は、怖いのを、ちょっと無理して言った。

もちろん彼だって怖い。でも、怖いから面白いんじゃないか！

「――お兄ちゃん」

と、妹が言った。「何かいるよ」

「ネズミか何かだよ」

「うん……。でも……」

突然、地下室の中が、闇に閉ざされた。

戸が閉ったのだ。――でも、なぜだろう？

あんなに動かなかったのに。

「お兄ちゃん――」

「じっとしてろ！　大丈夫だよ」

彼の耳にも、それは聞こえた。引きずるような足音、少しかすれた息づかい……。

「誰かいるんだ！」

突然、凄《すご》い力で、妹が彼の手から奪いとられた。

「お兄ちゃん！——助けて！」

妹の声が、押し包まれるように消えた。

彼は、全身から冷汗を流しながら、身動き一つできずにいた。体が小刻みに震え、歯がガチガチと鳴った。

何かをすすっているような音、ピチャピチャとなめる音が、交互に聞こえて来た。

——どれくらい、それが続いただろう？

何かが動く気配がした。荒い息づかいが、すぐ目の前で聞こえた。腐ったような匂いがする。

——そして、闇の中に、一対の、赤い目が光って、じっと彼を見つめていた。

彼は、その目の中へ、吸い込まれて行くような気がした。とてつもない力で、彼の体はかかえ上げられて、首筋に、焼けるような痛みが走った。

私は、ゴクリと唾《つば》を飲み込んだ。

彼は静かにコーヒーを飲んでいた。——私は、ミルクセーキを飲みかけだったことを思い出した。

「それで——何だったの、それ？」

私の声は少し震えていた。

「さあね」

「でも——大丈夫だったんでしょう？」

自分でも何を訊《き》いたのか、よく分らなかった。彼は、ちょっと笑った。

「でなかったら、ここにいるわけないさ」

私もホッとして笑った……。

店を出ると、地下鉄の駅へ向った。

切符を買い、改札口を通って、ホームへ階段を降りようとしたとき、急に私の足は止ってしまった。

なぜだか分らないが、急に足がすくんでしまったのだ。彼の話のせいだろうか。

「どうしたの？」

少し降りかけた彼が、気付いて振り向いた。

「ううん、別に——」

あんな怖い思いをして、なぜ彼はまだ地下鉄が好きなのだろう？

「さあ、行こうよ」

彼が手をさしのべた。彼の目が、一瞬、赤く光ったように見えたのは、光線の具合か何かだったのだろうか……。

# 告別

「——確かなの？」

と、妻の紀子《のりこ》が言った。

「ああ、間違いない」

私は肯《うなず》いた。

紀子は、ちょっとの間私を見ていたが、また、料理の方に戻って、包丁を使い始めた。

しばらく、私も紀子も黙っていた。

「——どうしろって言うの？」

紀子は、手を休めずに言った。「あなたがあと三か月の命だからって、私がここで泣き崩れなきゃいけないの？　あなたは勝手に家を出て行ったのよ」

「——分ってる」

「だったら、私が嘆き悲しむなんて期待しないで」

「うん。俺はただ――」

私は、ちょっとためらってから、「洋子《ひろこ》のこともあるし、ちゃんと知らせておこうと思っただけだ」

「洋子に会わないでね。約束よ」

「ああ。――今のことは、洋子に伝えても伝えなくても、どっちでもいい。君に任せる」

「洋子は、高校受験を控えてるのよ。気持を乱したくないわ」

「そうか。――そうだったな」

忘れていた。私は、それ以上、言う言葉もなく、一年ぶりに訪ねた我が家を後にした。

マンションにも、まだ戻る気がしなかった。

もう、夜風は冬の気配を含んで、冷たい。――行きつけのバーに立ち寄った。

「あら、久しぶりね」

と、店のママがやって来る。

「三日前に来たばかりだぜ」

カウンターについて、水割りを注文する。

「三日前でも久しぶりよ」

と、ママは笑った。「何だか元気ないのね」

「――ここへ来始めて、どれくらいになるかな」

「さあ……。五年くらいじゃないの？」

「そうか。――短くもない付き合いだったな」

「あら、何よ、変なこと言って。どこかに行くの？」

「遠くへだ」

私はグラスをゆっくり傾けた。

「海外勤務？」

「もっと遠くだ」

「もっと？」

「三か月であの世に行く。上か下か知らんがね」

ママは、ちょっとポカンとして、それから、曖昧《あいまい》に笑った。

「悪い冗談は、やめてよ」

「本当だよ。今日、検査の結果が出た。もう手遅れだそうだ」

「まあ」

ママは、何とも言えない顔で私を見た。

「――やあ、課長、みえてたんですか」

と、肩を叩《たた》かれる。

部下の田端《たばた》だった。――そうだ。こいつにも言っておいた方がいい。少し酔ってい
るようだったが、話が分らない、というほどでもない。

「テーブルに行こう」

私は、田端の肩を抱いて、言った。

席につくと、少し雑談をしてから、

「実は、君に言っとくことがある」

と、切り出した。

「何ですか？」

「君は、ずっと俺について来てくれた。俺にとっては、大きな支えだったよ」

「課長、何のお話です？」

と、田端は笑った。

「俺はもう長くないんだ」

と、私は言った。「三か月の命だと言われた。――後が大変だろうと思う。しかし、
君なら、ちゃんとやって行ける」

田端の笑顔が、ひきつったように凍りついた。

「課長……。本当なんですか？」

「ああ。間違いない。残念ながら――」

私は言葉を切った。田端が、青ざめて、私を、恨みのこもった目でじっと見つめたのだ。

「おい、田端――」

「冗談じゃないですよ！」

田端の声は震えていた。「僕は――あなたに賭《か》けてたんだ！　あなたが将来きっと重役の地位につくと思ったから、僕は部長に嫌われても、あなたについて来たんです！　それなのに――それなのに――ひどいじゃないか！　僕の将来はどうなるんだ！」

私は、愕然《がくぜん》として、言葉もなかった。一番信頼していた部下から、こんな言葉を聞こうとは、思ってもいなかったのである。

「失礼します」

と、田端は立ち上った。

足がよろけていたのは、酔いのせいでなく、ショックのためらしかった。

こっちも、酔える気分ではなかった。カウンターのママに、

「帰るよ」

と声をかけた。

「ねえ、待って」

「何だ？」

「今月に入ってからの分、払って行って」

「ためたことなんかないぜ」

「分ってるけど、急に入院でもされたら……」

私は、こみ上げて来る苦いものを、じっと抑えていた。

「分ったよ」

私は財布を取り出した。


マンションに戻ったのは、もう真夜中近くだった。

ずいぶん飲んでいたのだが、一向に酔えないまま、帰って来た。

「美江《よしえ》。——おい、美江」

中は真っ暗だった。珍しい。いつも、夜中まで起きているのに。

「美江……」

明《つ》りを点け、寝室を覗《のぞ》く。――美江の姿はなかった。

マンションの中を一通り、見て回ったのだが、どこにもいない。

おかしいな、と思った。どこかへ出かけるようなことは言っていなかったが。

居間のソファに身を沈めて、初めて、テーブルに置かれた手紙に気が付いた。

私は、いやな予感に震える指で、封を切った。

――最後まで手紙を読み通すのは、大変だった。大体、美江は字も下手で、やたらにあて字も多かった。

ともかくはっきりしていたことは――病院から、美江の方へも連絡が来たということだった。

美江は、若い恋人を作っていた。その男と、新しい生活を始める、という。

私は、立ち上って、戸棚の引出しを開け、預金通帳と印鑑がなくなっていることを知った。私は、床のカーペットの上に、座り込んでしまった。立ち上る気力もない。

いっそこのまま、死んでしまいたい、と思った。何も、私には残されていなかった。

――命すらも。

ふと、気が付くと、スラリと背の高い少女が、私をじっと見下ろしていた。

「洋子か」

見違えるように成長した娘に、私は、戸惑いながら、声をかけた。

洋子は、硬い表情のまま、

「これ」と、包みを一つ、テーブルに置いた。

「何だ？」

「ママが持って行けって言ったの。私、来たくて来たんじゃないのよ」

そう言って洋子は、さっさと出て行った。

――包みを開けると、弁当箱が出て来た。私が、長く会社へ持って行っていた弁当箱だ。

中は、ちゃんと、おかずやご飯が詰めてある。それを見て呆然《ぼうぜん》としていると、電話が鳴った。出てみると、紀子の声が飛び出して来た。

「あなた？　洋子がそっちへ行かなかった？」

「洋子が？　ああ、今来て、帰ったよ……」

「そう」

紀子は、ちょっと息をついた。「――あなたの病気のことを聞いたら、きっと彼女は出て行っちゃうだろうって洋子に話したの。そしたら、いつの間にか、姿が見えなくなって……」

「そうか」

「もう帰ったのね」

「うん」

「――じゃ、いいわ」

電話は切れた。

私は、弁当を一口食べてみた。冷めているのに、熱さが舌に感じられた。いやに塩《しょ》っぱいと思ったら、いつの間にか、涙が口に流れ込んでいたのだった。

洋子……。そうだ、こんな時間に、一人で帰すなんて！

私は部屋を飛び出した。送って行くんだ。

たとえ、玄関で叩き出されてもいい。洋子を無事に送り届けてやらなくては！

マンションの一階へ降りて、私は足を止めた。――ロビーの椅子に、洋子が座っていた。顔を伏せるようにして、泣いている。

私は、じっと立っていた。それは、終りの迫った私の人生の、最高の瞬間だった…………。

# II

# 初出社

## 【著者のひとりごと】

僕の〝初出社〟といえば、もう遠い昔のことになってしまう。当時、僕の勤めていた会社は赤坂《あかさか》にあり、地下鉄の丸ノ内《まるのうち》線で通っていたのだが、あのラッシュにはまいった。三日に一度は、地下鉄のガラスが割れてしまうのだ。駅と駅の間で、電車が、前がつかえているために、止ってしまうこともよくあった。満員の客を乗せ、カーブで傾いたまま止ってしまうのだ。そんな時、おり重なった人間の重みに、耐えきれなくなった窓ガラスが、悲鳴をあげて砕け散るのである。トンネルの暗闇のなかにワーンと響きわたる不気味な音。静まりかえった群集のなかで聞いたあの音は、今でも忘れられない……。

四月になると、電車が混む、というのは、通学、通勤を問わず、電車で通ったことのある人間なら、誰でも知っている。

新人がドッと乗って来るのがその原因で、人数が増えるということよりも、むしろ満員電車に不慣れで右往左往してしまうのが、いっそう混雑をひどくするのだ。

しかし、そんなことが分ってたって、満員電車が快適になるはずもない。

「――参った！」

地下鉄からホームに吐き出されて、彼は思わず言った。

こんなに朝のラッシュが凄《すさ》まじいものだとは思わなかった！　よくみんな通ってるもんだな。

ともかく、彼は歩き出していた。というより、歩かされていた。

人の流れに押されて、歩かざるを得ないのである。――どっちへ向ってるんだろう？

いささか不安ではあったが、ともかく歩かないとぐいぐい押される。ホームや階段も、電車内の延長というところだった。

彼は、キョロキョロと案内の矢印を探して頭を左右にめぐらせた。——頼りない話だが、ともかく今日が初出社の、社会人一年生である。

それにしても、初出社の日の現実は、思い描いていたイメージからは、かけ離れたものだった。

雑誌の広告やら、テレビのCMで見るフレッシュマンは、みんな颯爽《さっそう》としているが、現実には、不安の塊みたいなものだ。

ともかく、大学という所では、コピーのとり方とかホッチキスの外し方なんてことは教えちゃくれない。何もかもが初めての体験なのだ。

それにしても、こんなに出勤というのがくたびれるものだとは思わなかったな、と彼は息を弾ませた。学生時代はサッカーをやって、体力には自信があったが、こういう疲れは、独特のものだ。

やれやれ、やっと改札口か。——定期、定期、と。

出たのはいいが——さて、どっちが自分の会社なのか。

もちろん、何度か来ているのだが、こんな時間に来たのは初めてで、しかも出口がやたらに多いと来ている。

どうやら、違う方向へ来てしまったようだ。

誰かに訊《き》こうか？　しかし、いくら何でもそれも恥ずかしい。

それに、みんなわき目もふらず、ただ真直《まっす》ぐ前だけを見て歩いているのだ。ちょっと声をかけられる雰囲気ではなかった。

ともかく地上に出よう。外へ出りゃ分るだろう。

手近な出口から地上に出てみたが……。

オフィスビルなどというのは、どこも似たような格好をしている。それに高いビルばかりだから、見通しがきかないのだ。

早目に出て来たので、まだ時間はあったが、うろうろしていても仕方ない。――彼は手近なビルへ入って行って、そこの受付で、自分の会社のビルを訊いてみた。

管理人らしい年寄りが、ニヤリとして、

「新人かね」

と言った。

「そうなんです。出口を間違えちゃって――」

顔から火が出るようだった。

「待ちな。今、見てあげるよ」

親切に、表まで出て教えてくれる。その方向に歩いて行くと、ヒョイと、見憶《みおぼ》えのあるビルが見えた。——ホッと息をつく。

まだ出社時間の九時には、二十分以上あった。

道路の向う側になるので、地下の歩道を渡って、ビルの地階へと入って行った。

何人か、パラパラと入って行くのは女性が多い。チラッと彼の方を物珍しげに見て、追い抜いて行く。

大きなビルで、地階は食堂や喫茶店、本屋などが入っていた。まだほとんど閉っているが、喫茶店だけは開いている。

「おい」

と、肩を叩《たた》かれ、振り向くと、五十がらみの、いかにも管理職というタイプの男である。

「新人か?」

「はい、そうです」

「そうか。早いじゃないか、感心だぞ」

「はあ」

「俺は人事部の課長でNというんだ」

人事部の課長！　これは下手《ヘタ》をして嫌われては大変だ、と思った。

「よろしくお願いします」

深々と頭を下げる。

「うん。どうだ、ちょっとコーヒーでも飲んで行こう。目が覚めるぞ」

「はあ」

断るわけにはいかない。

喫茶店に入ると、驚くほど混んでいる。

「みんな、朝食ぬきの連中さ」

と、その課長は言った。「遠距離通勤だと、電車の本数が少ないから、早く着くんだ。だからここで朝飯なのさ」

みんな、トーストとゆで卵、といったセットを取って、新聞を見ながら食べている。おかしいくらい、同じだった。

「君は自宅からか？」

「はい、そうです」

「そうか。羨《うらやま》しいな。みんな結婚すると遠くに住まなきゃならん」

――コーヒーを取って飲みながら、あれこれと話をしている内に、時計の針は九時に迫っていた。

彼も、気にはなったが、まさか、

「お先に」

というわけにもいかず、チラチラとテーブルの下で腕時計を見たりしている。

店の中は、もうほとんど空だった。あと五分しかないのだ。

「時間なら大丈夫。エレベーターで一分ありゃ行く」

と、その課長は、見透かしたように言って、「あんまり早く行くと馬鹿にされるぞ」

「そうですね……」

「配属はまだ決ってないんだろう？」

「今日、そのための面接があるんです」

「そうか。そうだったな。俺もそんなことをやったもんだ」

と、遠い昔を懐しむように言った。

あと四分！　間に合うのかしら？

「君はどこへ行きたいと思ってるんだ？」

と課長が訊いた。

「さあ……。自分では、語学の力を活《い》かしたいと思っていますが」

「なるほど。まあ、希望通りになるといいな」

「ありがとうございます」

「じゃ、行くか」

と、課長は立ち上った。

コーヒー代は払ってくれたものの、彼は気が気ではなかった。——あと三分しかない！

エレベーターの前に来て、

「何階へ行くんだ？」

と課長が訊いた。

「十階の会議室に行くように、と……」

「ああ、それなら、その扉の向うのエレベーターが早いぞ、直通だ」

「ありがとうございます」

彼は急いで、重い防火扉を押して向う側へ出た。——そこは階段だった。

ドーンと音がして、扉が閉る。

「どうなってるんだ？」

あわてて扉を開けようとしたが、ロックされたのか、まるで動かない。

「畜生！」

やっと、騙《だま》されたのだ、ということに気付いた。

本当に人事の課長なのかどうかも怪しい。

新人をからかったんだ、あいつめ！

腕時計を見た。あと一分半だ。

仕方ない。他に方法がないのだ。見上げると、階段は途方もなく高く続いているようだった。

「――行くぞ！」

かけ声と共に、彼はダダッと階段を駆け上り始めた。

しかし、ダダッと上ったのは三階ぐらいまで。後はトントン、となり、それも少しずつペースが落ちて来る。

「畜生……何が何でも……」

ハアハア喘《あえ》ぎながら、最後の一階分は死ぬ思いだった。

〈十階〉とある扉を押す。――開いた！

フロアへ、つんのめるように出て、彼は危うく立ち直った。

目の前に、机が置かれていて、男が三人、座っていた。

その中に、さっきの課長もいる。手にしたストップウォッチを押して、

「いいタイムだ」

と言った。「これだけ足が丈夫なら申し分ない」

そして、わきに立っていた若い社員へ、言った。

「おい、こいつは営業に配属だ。案内してやれ」

# 研修

**【著者のひとりごと】**

ごく小規模な職場に就職したので、僕は〝研修〟なるものを受けていない。入れ替りに辞める人の横に一か月間いて、あれこれ教えてもらっただけだ。これがなかなか素敵な女性だったので、この個人的研修は結構楽しかった。大企業でよくある、合宿みたいな研修をやらされていたら、団体生活の苦手な僕は、とても続かなかっただろう……。

●

――やっと春らしくなったというのに、そのこと自体が腹立たしいというのは、我ながら惨めなものである。

駅のホームには、相変らず人が溢《あふ》れている。いや、溢れている、といった当り前の表現では追いつかないくらいの、人の群である。

毎朝、これを目にする度に、うんざりして、こんな光景を見ずに済むようになったら、どんなにかいいことだろう、と思ったものだ。

ところが――今はこの光景が懐しくさえある。何しろ、こうやって、出て来る必要もないのに、わざわざラッシュアワーのターミナルへ足を運んでいるくらいだ。

だが、別に私は会社を停年退職したというわけではない。まだ、やっと四十歳。これからが働き盛りだ。

それなのに、なぜ、こうしてホームで人が押し合いへし合いしているのを、ただ眺めているだけなのか。

一月前、会社が倒産したのである。

あのショックは、何とも表現のしようがないものだ。――朝、いつもの通り出勤して行くと、会社のシャッターがおりたままで、一枚の貼紙。

大学を出てから、十数年間の精勤に対して、会社は、〈倒産〉という「ご挨拶《あいさつ》」だけで報いたのだ。他の同僚たちも、同じだった。

ショックというより、何かの冗談じゃないのか、という顔つき。しかし、社長は姿を消し、幹部クラスの社員たちはどこかのホテルへ集まっているとだけしか分らないという日が続いて、やっと実感が湧いて来た。

会社更生法などとは無縁の中小企業。退職金も、今月分の給料も、どうなるか分らない。

私は最悪の状況だった。中学と小学校に入学する二人の子供、家のローンはやっと半年払っただけ、車は買い替えたばかり……。

早くも、私は追いつめられていた。明日までに、まとまった金を作らねばならない。

しかし、あらゆる努力はむだになった。そうなると、人間、急に無気力に襲われ、過去を懐しむようになるものである。

こうして私は、ラッシュアワーの駅のホームに立って、通勤地獄の図を眺めているのだ。しかし、通勤する所のない「地獄」に比べれば、この地獄など、まるで天国のようなものだ……。

――いつしか、ラッシュアワーも過ぎ、ホームは、潮がひいたように静かになった。

行くべき所もなく、ぼんやりとベンチに座っていた私の前を、一つの封筒が通り過ぎた。

いや、もちろんそれは人間の手にかかえられていたのだ。――現金だ、とすぐに分る封筒だった。

しかも、持っているのが――まるで「新人です」というプラカードでも持っているかのような若い男で、ブルー系の背広、ピカピカの靴という――絵にかいたような新入社員だった。

私は苦笑した。これじゃ、現金を持っていますと大声で叫んで歩いてるようなもんだ。

ともかく、電車を待つ間も、キョロキョロと間断なく左右を見回し、振り向き、両手でかかえ込んだ分厚い封筒を、今にも消えてしまうんじゃないかという顔で見下ろす。

こんな新人に現金を運ばせるなんて、物騒な話だ。――これじゃ、襲って下さい、と宣伝しているようなもんだな……。

ふと、私は鼓動の速まるのを感じた。

もし、あの現金が……。いや！　そんなことは不可能だ！

電車が来た。

その男は、ホッとした様子で、ホームの端へ寄って待った。電車がホームに入って、停止する。

電車が走り出したとき、私も、その車両に乗っていた。

——その若い男は、電車の中でも、封筒を固く抱きしめて、左右に油断なく目を配っている。

果して、どこまで行くのだろう？

私は、賭《か》けよう、と思った。あの男が、人通りの多い、にぎやかな所ばかりを通って目的地へ行き着くようなら、手の出しようがない。

もし、人通りのない、寂しい裏通りでも通るなら、チャンスはあることになる。

盗む？　いや、ちょっと借りるだけだ。それに——争いにでもなれば、四十男の私が、あの若者にかなうはずがない。

よほどの幸運でもない限り、それははかない夢に終るだろう……。

三つ目の駅だった。若い男は、降りる素振りなど、全く見せなかったのに、発車のベルが鳴り終ったとたん、ホームに出ていた。

私はあわてて飛び出した。危機一髪、すぐ後ろでドアが閉った。

やれやれ……。

芝居じみた真似をする奴だ！

若い男は、地下鉄に乗り換えた。——ここはややこしい駅で、色々な線が乗り入れている。

相手がどの線の切符を買うか、見定めて、こっちも買わねばならない。

何とか、ついて行くことができた。――階段を降りて行くと、どうやら電車が来ているらしい。

若い男は、いきなり駆け出したのである。

こっちもあわてて駆け出す。――今度は、ドアが閉じかけた所へ、危うく飛び込んだ。

息が切れ、体中から汗が噴き出して来た。

畜生！　こうなったら、何が何でも、ついて行くぞ！

次がまた大変だった。二つ目の駅で降りると、はるか見上げるような階段を、若い男は小走りに上って行くのだ。

エスカレーターもあるが、ずっと人がいるので、駆け上ることはできない。

こっちも走るしかないのだ！

途中で心臓が破裂するかと思ったが、何とか上り切った。

表に出ると今度は、あの男、タクシーを拾っている。急いで空車を探す。

悪かったが、今、まさに乗ろうとしているおばさんを押しのけ、

「あのタクシーについて行ってくれ！」

と叫ぶ。

――タクシーは、割合に人気《ひとけ》のない、住宅街へと入って行った。

高級住宅地で、両側は塀ばかり、という所だ。ここならば、大丈夫かもしれない……。

前のタクシーが停った。

「少し先まで行って停めてくれ」

と私は言った。

その男を追い越し、次の角を曲らせて、そこでタクシーを降りた。

道の角へそっと寄って覗《のぞ》き込む。――男の姿はなかった。

あわてて、道を戻って行く。――どこへ消えたのだろう？

ほとんど目につかない、小さなくぐり戸が、塀の一角にあった。――ここから入ったのだろう。

どうしたものか、と迷ったが、ここまで来たのだ、捕まったらそのときだ、と心を決めた。――くぐり戸を開け、そっと中へ入って行く。

「いらっしゃいませ」

と、声がして、私は飛び上りそうになった。

家の裏口らしい戸が開いて、お手伝いさんと覚《おぼ》しき女性が立っている。

「こちらへどうぞ」

「は……しかし……」

「旦那《だんな》様がお待ちでございます」

——何のことだ？

私は、半ばやけになって、上り込んだ。立派な応接間へ通され、お茶など出されて、少しすると、二人の男が入って来る。

一人は私がずっと後をつけて来た若い男だ。もう一人はここの主人らしき、太った中年の男。

「やあ、ご苦労さまでした」

と、太った男が言った。

「あの、これは一体——」

「あなたのことは知っとりますよ。会社が倒産して、困っておられる」

「何ですって？」

「会社の情報セクションにおられた」

「そうですが……」

「ぜひうちで働いていただきたいと思いましてね。失礼ながら、入社試験と実地研修を兼ねて、私の秘書を尾行していただいたわけです」

私は啞然《あぜん》として言葉もなかった。

「いや、みごとなものです」

と、太った男は続けた。「あなたなら、明日からでも現場で働いてもらえる。――ああ、私はこういう者です」

その男の差し出した名刺には、〈××探偵社社長〉とあった。

# 初めての社内旅行

**【著者のひとりごと】**

初めて勤め先の慰安旅行に行ったときのことは、よく憶《おぼ》えている。まだ十八歳だったが、日本酒とビールを、無理に飲んで、苦しくて吐いてしまった。このとき、出世なんかしなくていいから、二度とアルコールなんか口にするものか、と決心、それが今に至っている。

だが、その後、若い世代の社員が増えるにつれて、いわゆる宴会は、手短に切り上げて、後は各自で好きなように過す、という形に変っていった。今はどんな慰安旅行になっているのだろう……。

昔は良かった。

そんなグチを言うには、大谷《おおたに》は少々若すぎた。ともかく、やっとまだ四十五になったばかりである。

ついでに言えば、課長にもなったばかりであった。いくらポスト不足で、課長に昇進する年齢が上っているとはいえ、決して早い出世とは言えなかった。

それだけに、課長になって初めての、この慰安旅行は、大いに楽しみだったのである。

大谷は、今、自分でチビチビと日本酒を飲んでいるが、その実、大して酒好きではなかった。だから、毎年のこの社員旅行で、課長から次々に注がれる盃《さかずき》を、最後には死ぬような思いで飲み干してきた。

その「洗礼」を、やっとくぐり抜けて、今度は自分が注ぐ立場になったのである。

若い奴らに、思い切り飲ませてやるぞ!

そう張り切ったとしても、無理はなかった。しかし――今、その宴会の席で、大谷は一人、ふてくされて飲んでいた。

これが宴会か? 幼稚園の学芸会じゃないか!

大広間の舞台では、何だか「ゲーム」をやっていて、若い女の子たちが、キャアキャア騒いでいる。――歌も出なきゃ、踊りも出ない。こんな宴会があるだろうか？

部内で決めた、旅行の役員が、若い社員ばかりだったのが、この変化の原因だった。

「古くさい宴会はやめて、楽しいゲームパーティにしよう」

という提案が、スンナリ通ってしまったのである。

おかげで、大谷までが舞台の上にかり出されて、ゲームをやらされるはめになってしまった。器用さにかけては、到底、若い連中にはかなわない。

おかげで、早々に隅っこに退散して、こうして一人で飲むはめになったのであった。

「面白くもない！」

と、大谷は呟《つぶや》いた。

おまけに、始まって一時間もたつと、さっさとお開きにしてしまい、後は、好きな者同士で飲んで下さい、という始末。

以前は何時間でも会社の金で飲み続け、女の子たちも、残って、注いでくれたものだ。それが、お開きとなると、アッという間に女の子たちの姿は消え、後に残ったのは、大谷と同年輩の男たちばかりだった……。

そんな閑散とした広間で飲んでいても、侘《わび》しくなるばかりなので、大谷は廊下へ出た。

「時代は変った、か……」

と、呟きながら廊下を歩いて行くと、会社の女の子たちがゾロゾロと連れ立って、旅館を出て行くところだった。

一人が気が付いて、

「課長さん、ご一緒にどうですか？」

と声をかけて来た。

「どこへ行くんだ？」

「ディスコです。一緒に踊って、若返ったらいかがですか？」

「やめとくよ」

と、大谷はあわてて手を振った。

ギックリ腰にでもなったら大変だ！

「行きましょうよ！　さぁ、早く！」

他の女の子たちがワァワァはやし立てる。――ついに、大谷は、温泉町にまで来て、ディスコなる場所へ初めて足を踏み入れるはめになった。

「――課長さん、大丈夫ですか？」

同じ課の女の子が心配して、表までついて来た。

「うん……。少し風に当れば大丈夫だ」

フラフラと足がもつれる。

酔ったわけではなかった。――物凄《ものすご》いディスコ・ミュージックの音にノックアウトされてしまったのである。

やはり俺はカラオケの演歌が限度だ、と大谷はつくづく思った。

「旅館まで送りましょうか？」

「いや、大丈夫！」

と、大谷はあわてて首を振った。

女の子に送られて旅館に戻ったなんて、笑いものになってしまう。

「でも、本当に大丈夫ですか？」

と心配する声を後に、大谷は、シャンとして歩き出した。

が、シャンとしているとは本人の錯覚で、なぜか大地は波打ち、電柱が倒れかかって来て、途中で大谷はうずくまってしまった。

「――課長」

という声に顔を上げる。

「やあ、君らは……」

今年入社したばかりの新人が三人、並んで大谷の方を見下ろしている。

「ご気分でも――」

「いやいや、大丈夫だ！」

そこは課長のプライドというものがある。何とか立ち上ると、大分、足もともしっかりしてきていた。

「何だ、君ら、もう帰るのか？」

「いえ――どうしようかと思ってたんです」

「そうか。よし！　どうだ、一緒に飲もう。俺がおごる」

と、大谷は言った。

「でもご気分が――」

「こんなもの、何でもない。どうだ、お前ら酔い潰《つぶ》れるまで、飲んだことがあるか？」

三人の新人たちが顔を見合わせた。

「いえ、まだ潰れたことは――」

「それじゃ、一人前の社会人とはいえんぞ！　俺が飲み方を教えてやる！」

大谷はそう言ってから、「ただし、ディスコはだめだぞ」

と付け加えた。

ちょうど、手近な所に、小さな飲み屋があった。――そこなら大谷の「守備範囲」

の内である。

「よし！　さあ、飲もう！」

大谷はやっと念願が果せる、と思った。

まあ、宴会の席でないのが物足りないが、それは我慢しよう。

「さあ、どんどん飲めよ」

と、大谷は三人の肩を叩《たた》いた……。

「あらあら、とうとうのびちゃったじゃないの」

と店の女将《おかみ》が言った。

トイレに立とうとして、ひっくり返り、床に大の字になっているのは、大谷だった。

三人の新人は、一向に平気な顔をしている。

「どうする？」

と顔を見合わせると、

「運んで行こう。放《ほ》っとくわけにもいかないし」

と、一人が言った。

「そうだな、支払いはもってくれるわけだから」

一人が大谷の懐から財布を出して、「いくら？」

と訊《き》いた。

「あんたたちの飲んだお湯も、お酒のつもりでいただくわよ」

「いいよ。あんまり安かったら、却《かえ》って妙なものさ」

「——悪いいたずらするのね」

と女将が苦笑いした。

「これも処世術さ」

と、新人の一人が言った。「これで課長もこりて、新人に無茶《むちゃく》苦茶《ちゃ》飲まそうなんて思わなくなるだろう」

「お互いのためだものな」

「そうさ」

と、一人が肯《うなず》いて言った。「最初のしつけが肝心なんだ」

# 迷いの季節

**【著者のひとりごと】**

三日、三週間、三か月、三年。

会社に入ったとき、そう言われた。――これぐらいの時期に、会社を辞めたくなる、というのである。どこまで根拠があるのか知らないが、言われてみると、なんとなくそんな気もして来る。

●

「――いい加減にして下さいよ」

と、井上《いのうえ》は言った。「いつまで子供のお守りをしてりゃいいんですか、私は？」

井上が上司に絡むのは、珍しい。

アルコールが入っても、まずめったなことでは乱れない男である。

「お前の気持は分るよ」

と、部長は、井上の肩を抱いて、なだめた。

「よして下さい。部長はいつもそれでごまかすんだ」

バーの片隅でも、上司と部下が飲んでいれば、そこはいわば会社の延長である。

部長は、さすがにちょっとムッとした様子で、

「俺がいつごまかしたと言うんだ?」

と顔をしかめたが、怒っているというよりは、ズバリと本当のことを言われて面白くないという顔だった。

「部長は、ちゃんと約束しましたよ、来年は必ずお前の代りを見付ける、と。それがもう三年前だ」

「仕方ないじゃないか」

と、部長はグラスを取り上げた。「お前ほど、この仕事をうまくやってのけられる人間が他にいないんだから」

「それにしたって――この年齢《とし》になって――もう五十を超えてんですよ。学校出たての子供をあやしてやるなんて、虚《むな》しくなりますよ。まったく!」

「仕事なんだ。仕方ないじゃないか」

「他のどの会社を探したって、こんな仕事はありませんよ。みんな、それぞれ自分の課で処理してるんです。それなのに、うちじゃ、みんなが俺のところへ持ち込んで、押し付けて行くんだから……」

「しかし、その分、他の課の本来の仕事がスムーズに運んでるんだ」

「それを少しは評価してくれてるんですか、会社は？」

「もちろんだよ」

「じゃ、いい加減に他の奴と交替させて下さい」

——かくて、話は元に戻った。

井上は課長である。もちろん、年齢からいって、部長になっていてもおかしくはないが、課長にもなれずに停年を迎える者も少なくないのが現実なのだから、まず、順当な地位にいる、といえるだろう。

井上自身も、その点は承知している。

ただ、問題は仕事の中身である。

「三日、三週間、三か月、三年」

これが、井上の頭を離れない。

——借金の返済期日ではない。

新入社員が、会社を辞めたいと思うのが、この時期なのである。

どういう統計と、どういう根拠から、この言葉が生れたのかは、定かでない。しかし、井上は、経験から、この言葉が、現実を言い当てていることを知っていた。

もちろん、正確にその通りではない。

三日が四日になったり、三か月が二か月だったり、三年が四年だったりすることはある。しかし、前後はあるにせよ、ほぼ、三日、三週間、三か月、三年が「基準」になっているのは事実だった。

そして井上の仕事は、その「悩み」の聞き役——早く言えば、「なだめ役」だった。

井上は、元来、営業のベテランだった。人と話をし、心をつかむことが巧みである。社内でも、若い社員たちと親しく話ができる「中年」として、目立っていた。

男だけでなく、女の子たちも、なぜか井上には信頼を寄せていた。

この仕事を任されるようになったきっかけは、入って三年目の女の子が、どうしても上役とうまくゆかず、井上に泣きついて来たことだった。

井上は、彼女の話をよく聞いて、うまくなだめ、その不満を、当の上司に直接ぶつけることなく、うまく人伝《ひとづ》てに話して、解決してやったのである。

この話は、もちろん表面には出なかったのだが、女の子たちの間では評判になり、時々、悩みをかかえた女の子が、井上の所へ相談に来るようになった。

生来の人の好《よ》さで、あれこれ、忙しい中を駆け回ってやっている内、その話が幹部の耳に入った。

「一つ、専門の部署を作ってみようじゃないか」

と言い出したのは、新しいアイディアを出すのが大好きな社長だった。

かくて、井上は、特別に作られた新しい課の課長ということになった。

仕事の性質上、課員はいないのだが、それでも課長は課長だ。井上は大いに満足していた。

それに、仕事もそう忙しくないし、外を歩き回ることもあまりない。

これはいい仕事だ、と、井上はむしろ喜んでいたのだ。

しかし——それを十年もやっていると、いい加減うんざりして来る。

しかも、年を追って、その、訴えに来る「悩み」たるや、お話にならないものが多くなって来るのだ。

「誰それが私のメガネを隠したんです」とか、「あの人が、私のことを太ってると当てこするんです」とか……。

かつてのように、「仕事だけが人生とは思えないんです」とか、「組合活動をやりたいんですが、家族のことを考えると、いつまでも平社員のままでは困るし」といった、井上にも、なるほどと思える悩みは、ぐんと減ってきている。

持ち込まれる苦情は、ほとんどが、子供の告げ口に類するもので、相手にしないで帰すと、さっさと辞めてしまう。

辞めさせないために、井上の仕事があるのだから、あまり次々に辞められては困る。仕方なく、馬鹿らしいような悩みにも、真面目な顔で付き合わなくてはならないのである。

井上がいい加減うんざりして来るのも当然だろう。

さて——部長から、結局は、いつもの通り、

「ちゃんと考えとくからな」

という言葉しか引き出せなかった井上は、この日の朝、新入社員を迎えた。

「今日から、総務に配属になりました」

と頭を下げたのは、いかにもがっちりした体格の若者で、少々のことにはびくともしない感じだった。

「まあ、困ったことがあったら、何でも相談に来なさい」

と、井上は言った。「君なら、心配ないようだね」

——近ごろ珍しく、逞《たくま》しさを感じさせる男だ。

これなら、三日、三週間、三か月くらいの関門は、楽に通過するだろう。

井上はホッとしていた。——さて、午前中に、団体旅行をめぐる女の子同士のトラブルを解決しておかなくては。

行先を勝手に決めた、とか、任せておいて勝手とは何よ、といった対立が、井上の所に持ち込まれていた。

自分たちで解決してほしいところだが、これがもとで辞められても困る。

井上は、双方の女の子たちと話をして、和解工作に努めた。

もうすぐ昼休み、というときになって席に戻り、一息ついていると——誰かが前に立った。

顔を上げると、さっきの逞しい新入社員である。

「やあ、どうしたね？」

と、井上は訊《き》いた。

その新入社員は、青ざめた顔で、

「僕、辞めさせていただきます！」

と言った。

井上は唖然《あぜん》とした。

「何だって？——一体、どうしたっていうんだ？」

「倉庫へ行ったら、ゴキブリがいたんです。ママに電話したら、そんな所にいたら、病気になるから帰っといで、と言われました」

——井上は、言葉もなく、その新入社員を見送っていた。

十二時のチャイムが鳴る。——九時に入って、「三時間」しか続かなかったのだ！

井上は、立ち上る気力もなかった。

ついにノイローゼ気味となった井上は、辞表を出した。

部長が止めたが、井上はもうやる気を失っていた。

かくて、井上は退職した。——三十年目だった。

# 夏休み

**【著者のひとりごと】**

工場などでは、一斉に夏休みを取ることが多い。一時的に機械を止めてしまった方が、能率的なのだろう。しかし、事務系のサラリーマンの場合は、交替で休みを取ることになる。僕などは、休みを取ることに、何となく罪悪感を持っていたものだが……。

●

竹中《たけなか》は、もてない男である。
それは、はっきり言って、自他ともに認めていた。
だからこそ、もう四十代も半ばだというのに、一向に結婚の噂一つ立たない。

当人も、どう歪《ゆが》んだ鏡を持って来ても、二枚目にはなれないと思っているし、たとえ美女に心を動かすことはあっても、言い寄って振られるのも馬鹿らしい、と声をかけたりしない。

こういう男は、周囲に、「縁談マニア」の親類でもいない限り、結婚することはない。

そんなことを考えるのも、面倒なのである。

さて——七月に入ると、お昼休みのオフィスには、いくつものグループができる。夏休み、一緒にどこそこへ行こうよ、というので、まとまった仲間たちである。

たいていは女子社員の数人のグループ。

男どもは、ゴルフ、釣り、温泉といったプランを、押しつけられた一人が駆け回って、手配している。

そして、時々、

「ねえ、いいじゃないの!」

「お願い! 恩に着るから!」

「一生の頼みを聞いてくれないの?」

といった言葉があちこちで飛び交う。

何もそう大げさに言うほどのこともないのにな、と竹中は苦笑しながら、お茶を入れに、廊下へ出た。

要するに、課の中で、休みを取る日を、うまく調整しなくてはならないわけだ。同じ日に全員が休んでは困るから、半分は出ているように、とか、同じ係では、休みはずらして、とか、色々うるさいことがある。

その日程を、互いに、譲り合ったり、奪い合ったりしているのだ。

竹中には関係ない。

ともかく、夏の休み――この会社では、三日間認められていた――といっても、どこへ行くでもない。

一人で旅行しても、面白くも何ともないから、たいていは、一人住いのアパートで、ぼんやりテレビでも見て過してしまう。

だから、いつも、夏の休みの日程を決めるのは、竹中が最後である。

他の連中が、みんな決めた後、ちょうど、その穴埋めみたいな形で、休みの日を決めていた。

「あら竹中さん」

お茶を入れていると、同じ課の、関知子《せきともこ》がやって来た。「私、入れてあげますよ、言って下さればいいのに」

「いや……悪いね」

竹中は赤くなった。

関知子は、二十七歳の、いたって気だてのいい女性だ。まだ独身で、なかなか美人でもある。

「竹中さんはどこへ行くんですか？」

と、知子が訊いた。

「どこって？」

「夏休みですよ。誰かのグループに入っているんでしょ？」

「僕は全然だよ。知らないの？」

「ええ」

知子はびっくりしたように言った。「じゃ、休みはどうするの？」

「アパートで、寝て暮すのさ」

と、竹中は肩をすくめた。

知子は、ちょっと小首をかしげて考えていた。その様子は、まるで少女のように愛らしい。

竹中の胸はときめいた。

「じゃ、竹中さん、私たちと一緒に行きましょうよ」

「一緒に？」

「そう。テニスとか、乗馬とか、――でも、ただのんびりするだけでもいい所なんですよ」

竹中は、知子が本気で言っていると知って、天にも昇る心地だった。

もちろん、二人で行くというわけではない。女子が三人、男が他に二人。

「じゃ、ぜひね」

と、知子は念を押した。

席に戻ると、竹中は夢見心地で、知子に言われた日程を、休暇届に書いて出した。

――同じ係の、桜井則子《さくらいのりこ》から、

「竹中さん」

と声をかけられたのは、その翌日のことだった。

則子は、竹中の唯一の部下である。もう三十近くて、美人とはお世辞にも言えなかったが、気のいい女性だった。

「何だい？」

「夏休みの届を出したでしょう？」

「うん。それが？」

「私、ちょうどそのときに旅行の約束があるんです。すみませんけど、他の日にしてもらえませんか？」

竹中は迷った。——いつもの竹中なら「ああ、いいよ」ですませるが、今度ばかりは……。

「悪いけど、僕の方も、どうしてもその日でないとだめなんだ」

「あら——でも——」

則子は、言葉を呑《の》み込んだ。

言いたいことは分っている。どうせ何も予定はないんだろう、というわけだ。

「残念だけどね」

と、竹中は、きっぱりと言った。

「何とか——何とか代ってもらえませんか？　私、うっかりしてて、届を出すのが遅れてしまったんです」

則子は真剣だった。

「そう言われてもね……」

「あの——どこへ行くんですか？」

竹中は、この言葉にムッとした。

「どこへ行こうと、君の知ったことじゃないだろう！　届を出さなかった君がいけないんだ。諦《あきら》めるんだね」

そんなに強く言うつもりではなかったのだが、つい、きつい言葉になってしまった。

則子は、青ざめたが、

「——分りました」

と、目を伏せた。「無理を言って、すみません」

竹中は、後ろめたい思いをしたが、知子のことを考えて、気を取り直した。——そうとも。俺にだって、遅い青春が来てもいいじゃないか……。

「おかしいな……」

駅のホームで、竹中はもう一時間以上も待っていた。

集合時間、場所。知子から聞いた通りだ。それなのに、誰も、やって来ないのである。

竹中は、来ることになっているメンバーの電話番号を控えていたので、知子の所へかけてみた。しかし、誰も出ない。

もう一人の女の子の所へかけると、当人が出た。

「――竹中さん？　あら、珍しい。何の用？」

「何の用、って……今日、旅行じゃないのか？」

「旅行？　何の話？」

「休みを取って、一緒に旅行へ――」

「休みは取ったけど、旅行は明日《あした》よ。それに、私、彼氏と二人で行くんだもの」

「そんな……。関君に言われたんだよ」

「知子に？　何ですって、彼女？」

竹中が説明すると、向うはクスクスと笑い出した。「――まんまと引っかかったわね、竹中さん」

「引っかかった？」

「彼女、経理の大山《おおやま》君を、則子と争ってたのよ。一緒のグループで旅行に行くことになってたんだけど、もし則子を来られないようにすれば、ぐっと有利になるじゃない。だから、あなたを誘って、則子が来られないようにしたんだわ。お気の毒ね」

「じゃ――彼女のくれたプランはでたらめか！」

「あなたも、他のメンバーに、ちょっと訊《き》いてみればいいのに」

それをしない人間だと、知子には、分っていたのだ。今ごろは、きっと、まるで別の所から出発しているのだろう。

後で文句を言えば、「あなたが聞き違えたのよ」とでも言うつもりなのだ……。

――竹中は、そこから会社の則子へ電話を入れた。

「あら、竹中さん、何か――」

「僕が今から会社へ行く。君、旅行へ出たまえ。まだ向うで追いつけるよ」

「竹中さん――」

「僕はいつでもいいんだ。どうせ行く所もないんだからね」

しばらく、向うは沈黙した。

「――竹中さん」

則子の声は楽しげだった。「お昼でも一緒に食べましょうよ、会社の近くで。旅行に行くばかりが休みじゃないわ。そうでしょう?」

# 切っても切れない……

**【著者のひとりごと】**

転勤・人事異動。――サラリーマンにとって、一番関心のある問題のひとつだろう。

幸か不幸か、僕自身は、小さな会社に勤めていたので、転勤しようにも行く所がなかったし、異動も、誰かが辞めない限り、まずなかった。居心地が良ければ、それでもいいが、もし悪いと……。

●

岡田《おかだ》は、重い足取りで、団地の階段を上った。

大体、四階まで軽い足取りで上るには、岡田は少々運動不足だったし、すでに三十代も後半でもあり、腹も出て来ていた。

だから、重い足取りというのは毎日のことだったが、今日はまた、特に重くなっていた。

ボーナス袋が重くて、などという理由なら、顔の方はにこやかだろうが、さにあらず、苦虫がさらに苦虫をかみつぶしたような顔をしていた。

「──お帰りなさい」

妻の妙子《たえこ》が出て来ると、それでも岡田の顔に、やっと引きつった笑いが浮んだ。

岡田は家庭を大事にしている。

妙子が十歳近くも年下で、一人娘の美貴《みき》がやっと幼稚園。

いくら会社でいやなことがあっても、仕事で、疲れ切って帰って来ても、二人にはいやな顔を見せない、というのが、岡田のプライドでもあった。

「──どうだい、美貴、幼稚園の方は」

と、くつろいだ岡田が妻に訊いたのは、美貴が割合におとなしくて気の弱い子だからであった。

「それがね──」

と、妙子が話し出した。「今日、いつも姉妹《きょうだい》みたいにべったりくっついている康子《やすこ》ちゃんと、全然遊ばないんですって」

「へえ。ケンカでもしたのか？」

「私もそう思ったの。朝も、一緒に行かないって言い出すし、心配したのよ。ところが……」

フフ、と妙子は笑った。「先生がね、心配ありません、って言ってくれたの」

「どういうことだい？」

「あれは二人の演技なんですって」

「演技？」

「そう。ほら、今、美貴は年中組でしょ？　で、来年、年長組になるとき、クラスがえがあるわけ」

「うん、それで？」

「で、先生がね、あんまり仲のいい子同士は色々な子と遊ばせるために、わざとクラスを別にする、って言ったらしいの。それを聞いて、美貴と康子ちゃん、このままだと別々にされる、と思ったのね」

「それで、わざと？」

「そう。ケンカしたふりをしたのよ」

「まさか。あんな子供が、そこまで考えるか？」

「ところが、少しも珍しくないんですって。先生がおっしゃってたわ。中にはわざと殴り合いまでやる子がいるんですってよ」

「へえ！」

岡田はびっくりした。——子供の知恵などと、馬鹿にできないな。

そして、ふと思い付いたことがある……。


「課長！　おはようございます！」

岡田が声をかけると、課長の井口《いぐち》は振り向いて、何だ、という顔をした。

「お荷物、お持ちしましょう」

と岡田が言うと、井口は、ちょっと面食らったようだったが、

「ああ——そうかい？　ありがとう」

と、紙袋に入れていた荷物を、岡田に渡した。

「今度の日曜日はゴルフですね」

エレベーターの中で、岡田は言った。

「ああ。接待だ。こっちは疲れに行くようなもんだよ」

と、井口は顔をしかめた。

「朝、早いんでしょう？」

「うん。車で五時に出るんだ。かなわんよ」

「行くだけで疲れますね」

「そうなんだ。せめてハイヤーでも使えればいいんだが、社長がうるさいからな」

岡田は、少し間を置いて、言った。

「私が車を運転しましょうか」

井口は目をパチクリさせて、

「本当か？　そりゃありがたいが――しかし――」

「どうせヒマですし、早朝ドライブも悪くありませんからね」

「そうか！　いや、本当に助かる！　じゃ、うちへ四時に迎えに来てくれないか」

朝の四時！

考えただけで気が遠くなったが、岡田は必死に笑顔を作って、

「かしこまりました」

と言った。

――岡田は、井口が大嫌いである。

人間、そりが合わないということがある。

岡田と井口は、正にそれだった。総《すべ》てにわたって、気に入らない。イライラする。

しかも、お互い、そうなのだ。

毎年、岡田の会社では人事異動があり、他の課へ移る者も少なくなかった。

ところが、岡田は一向に動かない。

岡田がいつにも増して、重い足取りだったのは、今年も岡田は移らない予定だと秘書室の社員に教えられたせいだった。

そこへ、美貴の話である。

岡田は考えた。——あまり仲が悪いと、却《かえ》って離れられない。

そこで、べったりと井口にくっついていたらどうだろう、と思ったのだ。

あまりくっついて動き回るようになると、却って、これはまずい、と、他の課へ回されるかもしれない。

ともかく、だめでもともとだ。——岡田は、人事異動の発表までの一週間、公私ともに、井口の影の如く、ついて回った。

ゴルフ、バーから、キャバレー、果ては浮気のアリバイ作りにまで協力した。

そして、それが上層部の耳に入るよう、わざと吹聴《ふいちょう》して回った。

さて、その結果はどうなるか……。

異動が発表になる前日、岡田は社長室に呼ばれた。

「お呼びですか」

と、岡田は言った。

「うん。――君、このところ、井口君と親しいようだな」

と、社長は言った。

「はい」

「公私、ともにか」

「その通りです。井口課長とは、腹を割って話し合える仲ですから」

「なるほど」

と社長は肯《うなず》いて、「昨夜も一緒だったそうだな」

「はい」

「何か荷物を頼まれたか」

「はい。井口課長の知人の方へ渡しました」

「そうか。認めるんだな」

「はい。——といいますと？」

「その荷物は、うちの重要書類だったのだ」

と社長は言った。

「あれが——」

岡田は唖然《あぜん》とした。

「たった今、井口は産業スパイの容疑で逮捕された。君も共犯ということになる。——まず、自首することをすすめるね」

岡田の顔から血の気がひいた……。

——結局最後まで、岡田は井口と離れられなかった。

留置場でも、一緒だったのである。

# たかが、運動会……

**【著者のひとりごと】**

運動会。

この言葉には、今も鳥肌が立つ。ともかく運動神経が鈍いので、学生時代から、運動会は大嫌いだった。会社に入ってまで、そんなものがある。まあ、腹の出た中年組と走っていればこっちの方が速かったが、できるだけ理由をこじつけてはさぼったものである。

●

「――天気はどうだ？」

夫の声に、久代《ひさよ》は、

「きれいに晴れてるわよ」

と言った。

「そうか……」

夫の声には、はっきりと失望の響きが聞き取れた。久代は笑いをかみ殺した。

まあ、気持は分らないでもない。

毎日、忙しく働いていて、寝不足なのだ。せめて日曜日くらい、ゆっくり眠っていたい。それが七時起き、というのだから……。

でも仕方ない。——サラリーマンである以上、これも仕事の内だ。

お弁当のサンドイッチを作りながら、

「あなた、もう起きないと」

と、久代は声をかけた。

畑中《はたなか》は、欠伸《あくび》をしながら、起き出して来た。

「畜生！　どうして雨が降らないんだ」

「私に怒ったって仕方ないでしょ」

と、久代は言った。「早くしないと、朝食抜きで行くことになるわよ」

——今日は会社の運動会なのである。

ワーッと歓声が上った。

玉割り、という、クラシックな競技で、一方の玉が割れたのだった。

よく晴れて、暑い日だ。真夏に戻ったようだった。

久代は、夫が戻って来ると、

「ご苦労さま」

と、濡《ぬ》れタオルを渡した。

「畜生！」

畑中は、ぐいと顔を拭《ぬぐ》って、呟《つぶや》いた。

「どうしたの？」

「こっちの狙った玉は、いくら当てても、割れやしない。あっちより、よほどたくさん当ったんだぞ。――あれは、絶対、割れにくくできてるんだ」

「いいじゃないの、そんなこと。たかが、玉割りでしょ」

と、久代は笑って言った。

「準備したのは、〈専務派〉の奴なんだ。専務が入ってる側に有利なように作ったに決ってる」

「まさか」

久代も、今、社内が〈専務派〉と〈常務派〉という二派に分れているのは耳にしていた。夫は〈常務派〉である。

どちらが次の社長になるかで、夫の将来も大きく変ってくる。しかし、それは久代などには、どうにもならないことだった。

畑中も四十代半ば。——どこまで出世できるか、その別れ道にいるとなれば、たかが「玉割り」と言っていられない気持も分るというものだった。

子供のいない畑中夫婦は、親子のゲームの間は休憩ということになった。

「まあいい。この後のリレーで、絶対に勝ってやる」

と、畑中は、サンドイッチを頬ばりながら言った。

つい、何にでも本気になってしまうのが、この年代の特徴なのかもしれない。それに、実際畑中は、年齢のわりに、太っていないし、足には自信があった。

「アンカーでしょ。頑張って」

と、久代は励ました。

リレーは、二百メートルを四人で走ることになっている。一人、五十メートル。

そして紅組《あかぐみ》のアンカーが畑中。白組は、専務派の同僚、川口《かわぐち》だった。同期入社で、同年齢だ。ただ、こちらは大分、お腹が出てきていた。

――レースは、二人目まで、ほとんど差がなかった。三人目で、白組が少し抜いていた。

そして、畑中と川口。

差は、ほんの二メートルくらいだった。

これなら夫が勝つわ、と久代も内心ホッとした。――事実、畑中の方が断然速い。

走り出すと、たちまち川口に追いつき、追い抜こうとした。早くも歓声と拍手が起る。

そのとき――畑中が体のバランスを崩したと思うと、久代もハッとしたほどの勢いで転んだ。

たった五十メートルだ。川口は悠々とゴールインし、畑中は起き上ったものの、片足を引きずるようにして、やっとゴールに入った。

久代は、川口が夫に声をかけるのを見ていた。そして――夫がいきなり川口につかみかかった。

――もう、運動会も終りに近づいている。

畑中は、すりむいた膝《ひざ》に包帯を巻いたまま、黙り込んで、ニコリともしない。川口が、足を引っかけて転ばせたのだ、と畑中は信じていた。もちろん川口の方は否定していたが。

いずれにしても、二人のつかみ合いで、すっかり、「しらけた運動会」になってしまったのは事実である。いくら、司会者が声を張り上げても、気のない拍手がパラパラと起るだけだった。

早く終ってくれないかしら、と久代はうんざりしながら思った。ほとんどの者が、同じ気持だったろう。

「では、いよいよ最後の二人三脚です！」

と、アナウンスがあった。「抽選で組合わせを決めます。呼ばれた方は、必ず出ていらして下さい！」

「――フン、馬鹿らしい」

と、畑中は呟いた。

久代は帰り仕度をしていて、ろくにアナウンスなど、聞いていなかった。そこへ、

「畑中さんの奥さん！」

という声がした。

「おい！」

畑中が、久代の腕をつかんだ。

「私？　私が出るの？」

「そうだ！　専務と組むんだぞ」

「ええ？」

畑中は声を低くした。

「いいか！　わざとタイミングをずらしてやれ！　常務に勝たせろよ、いいな！」

「そんな……」

久代は、グラウンドに押し出された。

言われるままに、久代は、専務と足を結びつけられた。

「よろしくお願いしますぞ」

と、専務が言った。

「はあ……」

「いいですね」

と、専務が声を低くした。「次の社長は私ということになっている。もし妙なことをすれば、ご主人の将来にかかわりますよ」

久代は、応援している夫の方へ目をやった。分ってるな、と言うように、肯《うなず》いて見せている。

どうしよう？　久代は困惑した。

でも——そうだわ、どっちにしたって、こんなの、たかが運動会じゃないの。ともかく、何派だって関係ないわ。ただ気楽にやればいいのよ。

ヨーイ、ドン！

——専務と久代は相性が良かったのかもしれない。

二人のテンポはぴったりで、若い社員同士のカップルを抜いて、トップに立った。

「いいぞ！　奥さん、その調子だ！」

と専務が声を上げた。

一方の常務の方は、どうもテンポが合わなかったらしく、途中で転んでしまっている。

「このまま、トップで行きましょう！」

専務が張り切って言った。

若いカップルが、しかし、どんどん追い上げてきた。こうなると久代も、つい熱が入る。

「速く、速く！――一、二、一、二！」

と、自分でかけ声までかけて、テンポを上げる。

二人の呼吸は、最後までぴったりだった。みごとにトップでゴールイン！

肩で息をついて、久代は、思わず笑顔になっていた……。


「――わざとだったのか？」

と、帰り道、畑中は言った。

久代は黙っていた。もう、夜になっている。

大騒ぎだったのだ。――あの直後、専務が心臓の発作で倒れたのである。

一命は取りとめたが、再起はむずかしい、ということだった……。

「お前、俺の言ったことを――」

「いいじゃないの、もう」

と、久代は遮った。「たかが運動会じゃない」

その、「たかが」ですら、こだわらずにいられない。

肩を並べて歩く二人の沈黙は、どことなく物哀しかった。

# 便利な結婚

**【著者のひとりごと】**

サラリーマンにとって、「結婚」というのは仕事の一部である。

別に重役の娘を狙うとか、そんなことでなくても、仲人《なこうど》を誰に頼むか、披露宴には、誰と誰を呼ぶか……。そこにはサラリーマンとしての立場が、微妙に係《かかわ》ってくるものなのだ。

●

「いやになっちゃうわねえ、もう」

と、沢沼芳子《さわぬまよしこ》がため息をついた。

「まったくだね」

と、三原《みはら》は言った。「もうこれで何年間、三日以上の休みを取ってないかなあ」

「何十年、って気がするわ」

沢沼芳子は、ちょっと大げさに言った。

しかし、正直なところ、三原の方も、似たような気分だった。

忙しい状態が当り前になって、もう何年にもなる。しかし、いい加減疲れてきた。

ともかく、昼休みもろくに取れないのだ。十五分ぐらいで、ソバをかっこむと、急いで会社へ戻る。必ず、取引先から何本も電話が入っているからだった。

こんな風に、沢沼芳子と三原が、一緒にお茶を飲んでいられるのは、珍しく、仕事で外出し、その途中だったからである。

「一週間ぐらい、ポカッと休んでみたいもんね」

と、芳子は言った。

「停年までに、そんなことができるかな」

と、三原は半ば真面目に言った。

二人とも、もう社内ではかなりの古顔で、互いに共鳴するところが多かった。年齢も三十代後半、共に独身。

一番、こき使われやすい立場なのである。

もちろん、会社が、社員四、五十人の中規模な企業で、しかも不況とあって、色々と無理を忍ばなくてはならないのは事実だったが、もっともその無理が集中するのが、この二人だった。

「誰からも文句を言われずに、一週間休む方法ってないかしら?」

と、芳子が言った。

「病気で入院」

「それじゃ、休みにならないわ」

「それなら、結婚するしかないな。結婚休暇には、みんな文句は言わないよ」

芳子は、ちょっと三原をにらんで、

「私に言っていいことだと思ってんの?」

と、笑った。

男っぽくて、カラッとしているのが、芳子のいいところである。お世辞にも色気があるとは言えなかった。

だからこそ、三原も気楽に話ができるのだが。

「──そうねえ」

少し、間を置いて、芳子は言った。「それもいい手かも」

「何が?」

「結婚よ」

三原は目を見開いた。

「しかし、そりゃ相手がなきゃできないぜ」

「いるわ。目の前にね」

と、芳子は言った。


「何だか気おくれするな」

と、三原は言った。

「今さらやめるわけにいかないのよ」

と、芳子は言った。「さ! 花婿らしく、少し緊張した顔をして!」

「してるよ、これでも」

「それで?」

三原は渋い顔で、肩をすくめた。

「——さあ、入場よ!」

二人は、腕を組んで、歩き出した。

結婚披露宴――といっても、なにしろ、二人とも、「休みを取るため」という、いわば「不純」な動機の結婚である。

式や披露宴はやめようと思っていたのだが、同僚や上司の手前、まるきりなし、というわけにゆかず、このホテルの中のレストランを借りて、パーティをやることにしたのである。

拍手が起る。立食形式の、パーティだったが、それでも雰囲気は悪くなかった。

三原と芳子は、一応、正面の壇上に並んで祝辞などを受けることになった。

これで、ハネムーンから戻ったとたんに、別れると言ったら、みんなどんな顔をするかな、と三原は思った。

明日からは一週間の結婚休暇だ。もちろん、ハネムーンには行かない。ただ、都内にいては、誰かと出くわす心配もあるので、二人別々に、好きな所へ旅に出ることにしていた。

芳子はいたって楽しそうだ。三原の方は、多少後ろめたい思いがあった。

それに、離婚したことが、将来にいくらかでも響かないか、と、それも気にかかった。

もちろん、正式な届は出さないから、法律上は何の問題もないのだが。

堅苦しい披露宴ではない。祝辞は簡単に終って、パーティが始まった。

「さあ、食べましょうよ」

と、芳子が言った。「少しでも、もとを取らなきゃ」

パーティの費用は、ほとんど芳子が出していた。つい飲んでしまう三原よりも、よほど金持なのだ。

「一週間の休みのためなら、これぐらいのお金、惜しくないわ」

と、芳子は言い切っていた。

二人は、適当にテーブルを回って、同僚たちと談笑した。

やはり、三原は男の社員の方へ、芳子は女子社員の方へと分れてしまう。

やれやれ。——十五分ほどして、三原は、疲れてしまった。

歩き疲れというより、やはり気疲れなのである。——ちょっとトイレに行くふりをして、ロビーへ出る。

ホッとした。やはり、嘘をつくというのはくたびれるものだ。

少しロビーをぶらついていると、ふと、女子社員の一人が、ぼんやり立っている後ろ姿が目についた。田口清子《たぐちきよこ》という、まだ入社して日の浅い、可愛い子だった。

「やあ、どうしたんだ?」

と声をかけると、田口清子は、びっくりした様子で振り向いた。

三原の方もびっくりした。田口清子は、泣いていたのだ。

「田口君……」

「すみません。あの――」

と、田口清子はあわてて涙を拭《ぬぐ》った。

「一体、どうしたっていうんだい？」

――田口清子は、じっと顔を伏せていたが、やがてゆっくりと顔を上げ、三原を見つめた。その眼差《まなざ》しは、雄弁に心の中を物語っている。

「田口君、君は――」

「私、三原さんのこと、好きだったんです」

田口清子は早口に言うと、「すみません。こんなこと言っちゃいけなかったんだわ。

――どうかお幸せに！」

田口清子は、涙をこらえ切れなくなった様子で、駆け出して行った。

三原は、ポカンとして、その場に突っ立っていた。――あの子が僕のことを？

信じられないような話だったが、あの涙は、嘘ではない。

「――どうしたの？」

と、声がして、芳子がやって来た。「花婿さんがいなくちゃ、困っちゃうじゃないの」

「放《ほ》っといてくれ」

と、三原は言った。

「どうしたのよ？　急に不機嫌になって」

「当り前だろう！」

ムッとして、三原は怒鳴った。「今、田口君が、泣きながら帰って行ったよ。僕のことが好きだった、と言ってね。――君のおかげで、僕は本当の結婚相手を逃しちまったんだ！」

芳子は青ざめた。三原は続けて、

「こんな嘘をつくのは、間違いだ。僕は、みんなの前で言ってやる。これはジョークでした、ってね」

と言って、歩き出した。

きっと、芳子が食ってかかってくる、と三原は思っていた。――しかし、数メートル行って、何の言葉もないので、三原は、足を止めて振り向いた。

芳子は、傍のソファに腰を落としていた。――急に、十歳も老け込んだようだった。

そして……芳子の目から、涙が落ちて行った。

三原は、不意に、目を覚ましたような気がした。——いつもの、あの男っぽい芳子はそこにはいなかった。

ただ——一人の寂しい女がいるだけだった。

僕と田口清子？——長続きするはずがないじゃないか。

三原は、ふっと笑った。そして、芳子の方へ歩み寄ると、

「さあ、中へ戻ろう」

と声をかけた。

三原は、芳子の手を取った。

温い、大人の手だった。

芳子は立ち上って、

「また、やり直せるわ、あなたなら」

と言った。

「その必要はないよ」

三原は微笑んだ。——その笑顔が、芳子の笑顔を呼び出すのに、しばらくかかった。

# 見慣れぬお歳暮

**【著者のひとりごと】**

僕が勤めていた会社では、お歳暮を贈るという習慣があまりなかった。その点では、だから少しも気をつかわなくて済んだ。あげる立場だと、お歳暮なんてなくなればいいと思うし、もらっていれば、あった方がいいと思うだろう。どっちの立場でも、あった方がいいと思っているのは、デパートの社員に違いない。

●

「誰からだって？」
と、大木《おおき》はきいた。

大木がテレビを見ているときに口を開くのはいたって珍しい。

「今西《いまにし》……さんかしら。たぶんそうだわ」

妻の幸子《さちこ》が、ちょっと大きめの箱を持って居間に入ってきた。

「――まさか」

大木は、ちょっと目を丸くして、「あの今西か？　あいつがどうしてお歳暮を送って来るんだ？」

「知りませんよ、そんなこと」

「ふん、いくらかは心を入れ替えたのかな」

「ここに置きますよ」

と幸子はテーブルの上に箱を無造作に置いて、言った。

「中は何だ？」

「知りませんよ」

幸子は素っ気なく言って、居間を出て行った。

大木は、肩をすくめて、テレビの方に目を戻した。――あいつも、もう少し愛想がありゃいいんだが……。

そしてしばらくテレビを眺めていたが、一向に頭に入ってこない。

何だか落ち着かないのである。見ないようにしようと思っても、つい、目はデパートの包みの方に行ってしまう。

といって、大木が滅多にお歳暮をもらわないというわけではない。むしろ、普通のサラリーマンに比べれば、多い方だろう。

何しろ、大木は一応、名の知られた企業の部長なのだから。

それでも、この包みは気になった。――さらにしばらくしてから、とうとう大木は諦《あきら》めて、テレビを消すと、包みの方へ、手をのばした。

「今西の奴が、何を送ってきたんだ……」

大木は呟《つぶや》いて、包みの紙を破き始めた。

――大木がいぶかしく思うのも、ある意味では当然のことだった。

今西は、大木の部下である。しかも、ちょっと風変りな部下だった。

ともかく、無口で人付き合いが悪い。いや、悪いよりなにより、まるで付き合いというものがないのである。

しかも、仕事はのろいし、よく間違える。――ああいう男は、たぶん働くのに向いていないのではないか、と大木は思っていた。

といって、注意する気にもなれない。もちろん、上司として、最初のうち、何度か呼んで叱ったことはあるが、そのうちこりてしまった。

誰だって、話をしている間ずっと、どこか人をゾッとさせるような、暗い眼差《まなざ》しで見つめられていたら、気味が悪いだろう。

言いたいことはたくさんあるのだが、その目を見ていると、つい、

「もういい」

と、言ってしまうのだった……。

大木も、機嫌のいいときなら、ああいう男はきっと、いつも人にいじめられながら育ってきたんだろうな、と考えるのだが、忙しいときにはただいらいらするだけだった。

まだやっと三十になったばかりなのだが、まるで活気というものがない。独身で、およそ女というものにも興味がないようだった。

「あれでも人間か？」

と、大木は酒を飲みながら言ったものだ。

その今西からお歳暮が来た。――大木ならずとも、いささか不気味に思って当然だろう。

大木は、紙をむしり取った。中は、ただ平たい木の箱で、それほどの重さではない。

「何だ、いったい……」

いろいろひっくり返してみても、何も書いていない。一応、ふたらしきものが、小さな釘《くぎ》で打ちつけてあるが、それだけである。およそ、お歳暮とは見えない。

大木は、さして臆病《おくびょう》な方ではないが、つい耳のそばに持って来て、振ってみていた。何やら、ごそごそという音がしているが、何が入っているのか、見当がつかない。

テーブルの上に置いて、しばらくまた、じっと眺めていた。

「あなた、ヒマだったら、ちょっとお願いがあるんだけど……」

と幸子が入って来る。

そして夫の様子に気づくと、

「何かあったの？」

と訊《き》いた。

「何だと思う？　ちょっと気味が悪い」

幸子はやって来て、箱を持ってみたが、

「そうねえ。よくわからないわ。開けてみたら？」

「そりゃわかってる。だが……」

「そんな変なもの、送って来ないでしょう」

幸子は、笑いながら言った。

わからないぞ、と大木は思った。あの変った奴のことだ。

しかし、幸子の手前あまりびくびくしているようにも思われたくない。仕方なく、ふたをはずしにかかった。

「これじゃ、釘抜きがいるな。全くやっかいなものを送って来たもんだ」

「よっぽどいいものかもしれないわよ」

大木は、立って行って、釘抜きを取ってきた。そして、釘を抜こうとしたが、釘の頭が小さ過ぎて、うまく抜けてこないのである。

「だめだな、畜生……」

大木は首を振って、「このままにしとこう。また明日やってみる」

と言った。

実は内心、ホッとしていたことも否定できない。

「あら、それはまずいわよ。明日会社で会うんでしょ？　品物もわからないのに、お礼の言いようがないじゃないの」

そう言われると、その通りだ。

「じゃ、壊してみるか」

「壊すの？」

「これじゃ、そうするしかないよ」

「そうね。でも、まさか……」

「まさか——何だ？」

「危ないものじゃないんでしょ？」

二人は、ちょっとの間、黙っていた。

「いくらあいつでも、そんなに俺を恨んじゃいないだろう」

大木は笑った。しかし、それは引きつった笑いにしかならなかった。

「でも、世の中には、変な人がいるもんよ。一方的に他人を憎んでるとか……」

「おい、おどかすなよ。いちいちそんな心配をしてたら、部長なんかやってられない」

幸子がやめさせたい様子なので、かえって大木は意地になってしまった。「よし、大きなドライバーを持って来てくれ」

「ねえ、やめましょうよ。何だか怖いわ」

「馬鹿、怖いことがあるもんか。いいから、早く持ってこい！」

大木は、自分でドライバーを持って来ると、箱をこじ開けにかかった。——今や必死である。

メリメリと音をたてて、板が割れ始める。

「だ、大丈夫？」

「黙ってろ！」

と大木は怒鳴った。

板はやけに固かった。大木の額から汗が流れる。幸子もじっと息を殺して、その様子を見つめていた。

大木の顔が真赤になる。――額に血管が浮いた。

「あなた、もうやめて！」

幸子は思わず叫んでいた。そして、突然、部屋の明りが消えた。

何かがはじけるような音、ワーッという大木の叫び声……。


「大変ご愁傷さまでした」

と、その若い社員は、頭を下げた。

「ご主人には、とてもお世話になっておりました。本来なら、とっくに首になっているところなのに、何とか一人でやれるところまでこれたのは、部長が辛抱強く待っていて下さったからです」

「これから、頑張って、ご恩を返さなくてはと思っておりましたのに、残念です」

「どうも……」

「恐れ入ります」

幸子は、すでに大勢の弔問客を相手にしていて、その若い社員の話も、なかばぼんやりと聞いていたが——ふと、顔を上げると、

「あなた、お名前は？」

「今西と申します」

「あなたが……」

幸子は、まじまじとその顔を見つめて、言った。

大木は、心臓をやられて死んだのだが、あまりにタイミングよく起った停電に、びっくりしたのが直接の原因だったとしても、あの箱の中身は何だったのか、あの後の混乱が過ぎてから、ふと気付いて調べてみたが、たくさんの葉っぱが散らばっているだけだったのである。

「あなた、お歳暮をおくって下さいましたね。中には、何が入っていたんですの？」

「はあ……」

今西は、ちょっとためらって、「実は、部長は心臓がお悪いと聞いておりましたので、心臓にとてもいい薬をお送りしたんです。あの葉っぱを煎《せん》じて飲んでいただければと思いまして。でも、少し遅かったようです」

そう言って、深々と頭をさげた。

# 仕事始め

**【著者のひとりごと】**

僕の勤めていた会社の「仕事始め」は一月四日――

しかし、その日は、ただ記念撮影をして帰るだけだった。

女性たちは年に一度の振袖《ふりそで》姿。呑気《のんき》な、「良き時代」だったのかもしれない……。

●

――また、明日から仕事か。

私は、狭苦しいアパートの部屋で、ごろ寝をしながら呟《つぶや》いた。

正月休みなんて、本当にアッという間に過ぎてしまう。特に女の身での独り暮し、故郷に帰るだけのお金も惜しまなくてはならないような経済状態では、どこかへ遊びに行くといっても、映画でも見に行くのがせいぜいだ。

でも、実際は、今日までの六日間、ほとんどどこにも出ずに――食事を作るのも面倒なので、近くのチェーン・レストランで済ませて――テレビばっかり見ていた。

「下らない番組ね」

と、文句を言いながら見ているのだから世話はない。

かくて今日は一月三日というわけである。

明日起きるのが辛《つら》いなあ、と私はユーウツな気分で考えた。――そこへ、玄関のブザーが鳴る。

誰だろう？　出て見て目を疑った。

「お母さん！」

両手一杯、荷物をかかえた我が母が、息を切らしながら立っていたのである。

「――お父さんがね、たまには娘の無事な顔でも見て来いって」

母は、そう言って、のんびりお茶をすすった。

「それなら、もっと早く来りゃいいのに！」

と私は言った。「もう明日から、会社が始まっちゃうのよ」

「分ってるよ。だから今日、急いで出て来たのさ」

「どういうこと？」

「頼んどいたのに、仕上りが遅れちゃってね」

と、母は、大きな荷物を解き始めた。

「お前、美容院にすぐ行っといで」

「今は高いのよ。――何なの、それ？」

「お父さんがね、お前も仕事始めの日にいつも洋服じゃ可哀そうだって。一度くらいこういう格好もしてみたかろうって言ってね……。ほら！　どうだい？」

私は啞然《あぜん》として、母が手品でもしているかのように取り出して見せた振袖を、眺めていた……。

――困ったことになった。

母の寝顔を眺めて、私はため息をついた。

「タイミングが悪いのよね……」

確かに、去年までは、私の勤めていた会社では、仕事始めの日、たいていの女の子が振袖姿だった。

お昼ごろ出社して、全員でビルの屋上に出て記念写真を撮って、その日は終り。実際の仕事は翌日からだった。

そう毎年は帰郷しなくなってから、元気でいるところを見せるために、その写真を送ってやっていたのだが、父や母には、華やかな振袖姿に交って、我が子が一人、パッとしないワンピース姿で写っているのが、何とも哀れに思えたのに違いない。

その気持は良く分るし、胸が熱くなるほど嬉《うれ》しい。私だって——振袖を着られる年齢の内に、一度ぐらい着てみたいと思っていなかったわけではない。

ただ、私のお給料ではとても買うわけにいかないし、父や母にしても、生活が楽でないことは分っていた。

その暮しの中で、この振袖を買い、帯やら何やら、一通り揃えるのに、どれだけ苦労しただろうか、と思うと、胸が一杯になるほどありがたかった。

しかし——実のところ、去年の暮から、会社も不景気で、何度も「危い」と囁《ささや》かれて来た。ボーナスも、ほとんど出ず、給料もカット。年が明けても、状況が好転する望みは薄かった。

年末の仕事納めの日、社長は、全社員を集めて、訓辞を垂れた。——今こそ気持を引き締めて、仕事に没頭しなくては展望はひらけない、というわけだ。

そして、明年は、一月四日から直ちに平常の勤務に入る。例年のような悠長なことをしてはおられん。――と、こういう演説をぶったのだった。

もちろん、明日、振袖を着て来る子なんて、一人もいないだろう。朝もいつも通りの出勤だ。美容院に寄ってる暇なんか、ないのである。

でも――そう言ったら、母はどう思うだろう？　父は？

いや、とてもそんなことは言えなかった！

といって――私一人がお昼ごろになって、ノコノコと出社したら……。

「参ったなあ」

私は、頭をかかえて呟いた。

皮肉なくらいの上天気だった。

「――行っといで、本当にきれいだよ！」

母の嬉しそうな声を背に、アパートを出る。

そう。――結局、私はお昼近くになって、振袖姿で出社することになったのである。

課長に叱られようと、社長に怒鳴られようと、父と母の気持を拒むことはできなかった。

「ま、いいか。怒られたら、そのときはそのときだ」

と、自分へ言い聞かせるように呟く。

途中、電車の中などでは、同じ振袖姿の女性を何人か見かけたが、以前より少なくなっているようだ。やはり不景気なのだろうか。

足取り重く、会社のビルまでやって来た。ふと見上げると、屋上の金網越しに、こっちを見下ろしている人影がある。——誰かしら？　今日は屋上での記念撮影はないはずだけど。

ビルの中に入って、エレベーターが降りて来るのを待つ。——扉が開くと、私は青くなった。社長が立っていたのだ。

「あ——あの、明けまして、おめでとうございます！」

と、私はあわてて頭を下げた。

もう六十近い、すっかり頭の禿《は》げ上った社長はジロリと私の格好を見て、

「何のつもりだ、それは？」

「はい、あの——」

と言った。

「年末に言ったことを忘れたのか！」

「申し訳ありません」

私は、でも黙って謝っていることはできなかった。「実は、故郷の母が急に上京して来まして――」

と、事情を説明し、

「着て来てはいけないと分っていたのですけど、母を悲しませたくなかったんです」

と、もう一度頭を下げた。

社長は、しばらく黙って私を見ていた。――怒鳴られるのを覚悟で、私は待っていた。

「そうか」

社長は、びっくりするほど穏やかな声で言った。「いいご両親だな」

戸惑っている私を促して、社長はエレベーターで上のオフィスへ上った。

「――どうしたんですか？」

私は、空っぽの事務所を見回して、唖然としていた。

「倒産したのさ」

と、社長は言った。「もう、ここには何もないし、誰もいない」

「潰《つぶ》れたんですか……」

ポカンとしている私を残して、社長は、ちょっと出て行ったと思うと、すぐにカメラと三脚を持って戻ってきた。

「さあ！　せっかくの晴着だ。屋上で記念撮影をしよう！」

「え？」

「このカメラは、私個人のものなんだ。さあ、行こう」

何だかよく分らなかったけど、ともかく屋上に上ると、私は社長と二人で、セルフタイマーを使って、記念撮影をした。

「──写真もなしじゃ、ご両親ががっかりするよ」

社長は、見たこともないほど、穏やかな笑顔になっている。

「ありがとうございました」

「いや、礼を言うのは、私の方だ」

と、社長は言った。「さっき、私はここへ来た。──飛び降りようと思ったんだ」

「社長さん……」

「すると、君がやって来るのが見えた。──君の話を聞いて、目が覚めたような気がする。私にも娘がいるんだ。もう一度やり直してみよう」

「それがいいですわ」

私は肯《うなず》いた。「お手伝いします！」

「ありがとう」

社長は私の肩を叩《たた》いた。「もう一枚撮るか。——今日は、私の『仕事始め』だ」

「はい！」

私は力強く答えた。

## 奥の手

**【著者のひとりごと】**

二月ごろというのは、年末年始でお金を使った後、夏のボーナスは遥《はる》かかなたで、経済的には苦しい時期である。

こんなとき、お祝金やお香典といった急の出費があると、家計はパニック状態に陥る……。

●

「何だって、こんなときに結婚するんだ！」

と、村上《むらかみ》は八つ当り気味に怒鳴った。

「仕方ないでしょ、他人の結婚の時期に文句つけたって」

と、妻の洋子《ようこ》は冷ややかに夫を見た。

「この忙しいのに！　一週間も休暇を取るんだぞ。あの馬鹿め！」

ドカッとあぐらをかいて、村上はネクタイをむしり取った。「ビールをくれ」

「今日の分まで、ゆうべ、飲んじゃったでしょ」

村上は渋い顔になって、

「いいじゃないか。じゃ明日の分だ」

「明日はなしでもいい？」

「――いいよ。我慢する」

と、村上はため息をついた。

亭主たる者、ビールの一本ぐらい、とは思うのだが……。何しろ、家計の苦しいのは、村上もよく分っている。

去年、めでたく課長になったのはいいが、同時に、残業手当がつかなくなった。実質的に、給料は何割かダウンしてしまったのである。

しかも、家のローンの支払いはあるし、娘はピアノを欲しがっていて、「課長」としては、家にピアノの一台も置かないわけにいかないという見栄《みえ》もあり……。

ともかく、このところ、村上家の台所は火の車どころか、火の戦車みたいなものだったのである。

「──どうするの？」

洋子は、夫にビールを出しながら言った。

「出ないわけにいかん。スピーチも頼まれてるしな。課長の役目だ」

「そうじゃないわ」

と、洋子は苛々《いらいら》した様子で、「お祝金よ。いくら出すの？」

「そうか！」

村上は、やっとそれに気付いた。

「あんまりケチるわけにもいかないでしょうけど、ともかくお金がないのよ」

「分ってるさ」

村上は、顎《あご》を撫《な》でながら、「──分割払いにしようか？」

と言った。


「──全く、羨《うらやま》しい限りだ」

と、部下の結婚式から帰って来た村上は、ため息をついた。

「どんな古女房でも、最初は若々しいのよ」

「そうじゃない。——いい思いをして、あんなにお祝金が集るんだから、羨しいと思ったのさ。今の若い奴らはドライだからな」

洋子は、何か言いかけて、やめた。

その夜——。

「離婚しましょうか」

と、洋子がベッドの中で言った。

「うん……」

ウトウトしていた村上は、何となく呟《つぶや》いて、それから目を開いた。

「——おい、何か言ったか？」

「離婚しましょうか、って言ったのよ」

洋子の口調は、どうやら、ふざけているのでもなさそうだった。

村上はガバッと起き上って、

「何だと、おい！　俺のどこが不満だって言うんだ？」

「大きな声を出さないで、有紀《ゆき》が起きるわ」

「しかし——」

「お祝金集めよ」

「お祝金？　離婚してお祝をくれる奴がいるか？」

「そうじゃないわよ」

と、洋子は座って言った。「でもね――本当のところ、今のままじゃ、ローンの支払いだってままならないのよ」

「分ってるよ」

「ここで、たとえば臨時に百万円でも入れば、ずいぶん助かるわ」

「そりゃそうだ。しかし、どこからそんな金が入るんだ？　宝くじでも買うのか」

「まさか。――ね、会社の人、誰も私の顔を知らないでしょ。この家にも来たことないし」

「そりゃそうだ。何しろこんな遠くじゃ、みんな遠慮するさ。そのくせこの値段だからな。全く、不動産屋の奴――」

「関係ないことで腹立てないでよ。あのね、だから、私とあなたが一旦《いったん》離婚するの」

「一旦？」

「そう。そして半年後に再婚。――同じ相手だってことは、黙ってりゃ分りっこないわ」

村上が今の会社へ入ったのは、洋子と結婚した後のことなのである。

「しかし、名前が――」

「洋子って名は珍しくないわよ。妙な因縁で、同じ名前の女房になった、とでも言っとけばいいわ」

村上は呆気《あっけ》に取られていた。

「――なるほど。再婚のときには、お祝金が集まるわけか」

「そう。百人ぐらいとしても二百万円。お返しやら会場の費用とかは、ぐっと低く抑えるのよ。二度目だから、派手にしたくない、とでも言えばいいわ」

「百万以上は残るな」

「旅行だって、行ったことにして、ここにいりゃいいのよ。分りゃしないんだから」

「お前――とんでもないことを考えたな！」

「あら、でも、やってやれないことはないでしょ？」

「そりゃそうだが……。しかし、もし分ったら大変だよ」

「それはそうね……」

と、村上は言った。

と、洋子は言って、眠り込んだ。

――洋子の奴、どこまで本気だったのかな、と、村上は思った。

その夜はそれで終ったのだが……。

「おい離婚しよう」

村上がそう言い出したのは、洋子の話を聞いて、二、三週間後のことだった。

「どうしたの、あなた？」

と、今度は洋子の方が目を丸くした。

「賃金カットだ。──課長以上の管理職は、一割減だとさ。冗談じゃないぜ、全く！」

村上はふてくされて言った。

「じゃ、この前の話を──？」

「うん。やろうじゃないか。このままじゃ、一家心中だ」

この間に、ピアノを買って、家計は一層苦しくなっていた。もう、ためらってはいられない、というのが村上の気持だった。

「じゃ、あなた、少しやつれた顔で出社しなきゃ。ともかく奥さんと別れたんだから、多少は悩んだような様子を見せるのよ」

「いいとも。じゃ、朝飯を抜こう」

——村上は、洋子と離婚する手続きを取った。

そうなってみると、なかなか悪い気分ではなかった。会社でも、女の子に同情されるし、上役も、多少責任を感じているのか、時々、昼食をおごってくれたりした。

四か月ほどして、再婚の話を洩《も》らし始め、かねての打ち合わせ通り、半年後に式を挙げることになった。

娘の有紀も、下手に口をすべらすような年齢ではない。素知らぬ顔でテーブルについている。

仲人《なこうど》役は、長らく会ったこともなかった大学時代の先生。もちろん、同一人との再婚などとは、思ってもいない。

披露宴も無事に済んで、ホッと一息。

村上は、着替えを終えて、先にロビーで待っていた。——やれやれ、こんな突拍子もないこと、誰も思い付くまい。

少し滞納しているローンの返済を引いても、たぶん七、八十万は残るはずだ。少しは余裕ができる。

苦しくなったら、また別れるか。

そう思って、村上は一人で笑った。

「失礼します」

と、式場の係の女性がやって来た。「奥様が、これをお渡ししてくれ、と」

「どうも」

封筒だった。——何だ、あいつ？

中から、走り書きに近い手紙が出て来る。

〈人のいいあなたへ。

とても心苦しいのですが、私、他に好きな男性ができてしまったのです。一年ほど前からのお付き合いで、有紀ともとても親しくなってくれました。あなたにどう話そうかと悩んでいたのですが、ふっと今度の計画を思い付いたのです。スンナリ離婚するには、とてもいい方法でした。

再婚の式は挙げたけど、法律的には、私はまだ独身《ひとり》ですから、彼と一緒になっても、何の問題もないわけです。ごめんなさい。私たちこれからハネムーンに発《た》ちます。有紀も一緒に。悪く思わないでね。

洋　子〉

村上は愕然《がくぜん》として、立ち上ることもできなかった。それから、手紙の追伸に気付いた。

〈追って。お祝金は、あなたからのプレゼントとして、ありがたくいただいておきますので、ご安心下さい〉

# 年度末の新人

**【著者のひとりごと】**


僕の勤めていた会社では、給与は「公務員に準ずる」という妙な規定になっていた。

ただ、六月、十二月のボーナスの他に、三月にほんのわずかだけど、「年度末手当」というのが出る。

これを奥さんに隠していた人も、結構いたようだ。

●

「おい、若いの！」

と、声が飛んで来た。

またか。――私は、よっぽど知らん顔をしていようかと思ったが、そこまでのふてぶてしさもない。

せめてもの抵抗で、少し間を置いてから、

「――はい」

と顔を上げた。

「こいつのコピーを取ってくれ」

と、うんざりするような厚みのある資料を渡してよこす。

「一部ですか」

「五部だ」

「五部ですか？」

思わず訊《き》き返していた。――それも当然だろう。

いくらコピーの機械の性能が上ったといったって、百枚以上ものコピーを取るには、いい加減時間がかかる。机の上には、自分の仕事が、まだどっさり、やり残してあるというのに……。

仕方ない。誰も他にやってくれる者はいないのだ。

私はコピー室へと入って行った。

実際、入社十年もたった男の社員が、コピー、荷造り、封筒の宛名《あてな》書き、いや、時には来客へのお茶出しまでやらされる会社なんて、どこにあるのだろう？

もっとも、私も、ずっとこうだったわけではない。入社三年目には早くも係長になり、五人の部下をかかえて、大いに張り切っていたものだ。

そのころは、小さいとはいえ社員も七、八十人はいて、女子社員も三分の一。細々《こまごま》とした用事は、いくらでもやってくれた。

事情が一変したのは、三年前である。突然の倒産。——再建。

社員数は一気に二十五人に減らされた。そして、社内には、女性の姿が見えなくなったのである。

私が残れたのは、まず奇跡みたいなものだったが、その代り、今度は二十五人中、最年少ということになってしまった。

再建のために、どんな話合いが行われたのか、ともかく残ったのは、社長以下、専務、常務、部長、課長……。

要するに上の方ばっかり残ってしまったのである。課長以下の「平」は私一人。

係長の肩書は、消滅してしまった。——結局、あらゆる雑用は私の所へやってくることになったのである……。

「――ご苦労だねえ」

コピーを取っている所に入って来たのは、専務だった。

温厚な人柄で、それだけに心労も多いのか、この三年で、めっきり老け込んだ。

「誰か一人、こういう仕事をしてくれる女の子でもいればいいんですが……」

と、私は言った。

「そうだなあ」

と、専務は肯《うなず》いて、「君も仕事にならんだろう」

「そうなんです」

「うちも多少は上向いて来たし。――一つ、社長に頼んどくよ」

「お願いします」

私は頭を下げた。思いもかけない話で――しかし、あまり期待しても、裏切られたときのショックが大きい。

しかし、多少は希望が出てきた、という思いで、コピーを取る手も、速くなった。

思いの他、返事は早かった。

その翌週には、女性の新人を入れるということが決ったのである。

いくら、いい年齢《とし》の男ばかりといっても、さすがに、殺伐とした社内にうんざりしていたらしく、みんな多少興奮気味で、オッカナイおばさんにでも来られちゃ困る、募集広告には二十五歳まで、としよう、ということになった。

「容姿端麗」と入れようと言う部長もいたが、さすがにそれは避けた。

ただ——問題は、時期が悪いということだった。三月では、もう大方、就職先の決っている子がほとんどだろう。果していい子が来るかどうか……。

面接の当日には、社内の誰もが落ちつかなかった。廊下や、応接室の辺りをウロウロして、どっちが面接に来たのか分らないくらいだった。

——それでも、五人の子がやって来て、最終的に、大学を出て二年目という、二十四歳の子が入ることになった。

これがまた、どこをどう間違えたかという（？）可愛い、明るい子だったのだ。

その次の日出社して、私は目を見張った。社内のところどころに置かれたきれいな花、ピカピカに磨いてある机、スタンド、キャビネの表面……。

一瞬、別の会社へ間違えて入ったのかと思ったくらいだった。

総《すべ》て、彼女が朝早く出社して来て、やってくれたのだ。しかも、九時になると、ちゃんと全員にお茶を出してくれる。まさに天国だった！

社内も、何だか倍は明るくなった感じで、単純な話だが、仕事の能率も上るようになった。

私が、コピーや宛名書きから解放されたことは言うまでもない。

その平和は、しかし十日間しか続かなかった……。

ある朝、とんでもないことが起った。

あの真面目で温厚な専務が、珍しく遅刻して来た。珍しいな、と思っていると、専務は突然、部長の一人を、書類の束に穴をあける千枚通しで突き刺したのである。

社内は大騒ぎになった。

大したけがではなかったので、警察沙汰《ざた》にはならずに済んだが、この事件の原因は例の「可愛い彼女」にあることが分ったのだ。

専務と部長が、二人して彼女に熱を上げてしまい、また彼女の方も、結構二人をじらしたりからかったりして遊んでいたらしいのである。かくて年がいもなく、専務は嫉妬《しっと》に狂って――というわけだった。

もちろん、この責任を取って、専務も部長も退社。彼女もアッサリと辞めて行った。

また、コピーは私の仕事になったのである。

しかし、さすがに人が減って不便なのは社長も分ったとみえ、すぐまた、人を募集することにした。

「今度は男にしよう」

と、社長は言った。

「結構です」

と、私は言った。

新聞の求人広告の原稿を書くのは、私の仕事だったのである。

「しかし……年度末だからなあ……」

と社長は首を振った。

「どうしましょう？　高卒とか大卒とか——」

「この際、ぜいたくは言っちゃおれんよ」

と、社長は言った。「一切、条件はつけるな。選ぶときに考えればいい」

「分りました」

私にしても、いくら可愛い女の子が来たって、その度に血を見るのではかなわない。

ともかく新人が来て、もう「おい、若いの！」と呼ばれないようになれば、それでいいのだ。

――広告を出し、いよいよ、面接の当日になった。

面接は午後からで、私は昼食を終えると少し早目に会社へ戻って来た。

「おい！」

と、社長が怖い顔でやって来た。

「はあ」

「いくら条件をつけるなと言ったからって……。会議室を見て来い！」

えらく怒っている。

私はあわてて会議室へと走って行った。

そして中を覗《のぞ》いて、唖然《あぜん》としてしまった。もう二十人からの男たちがやって来ていたが――しかし、どう見ても、そのほとんどが六十歳過ぎか――中には、杖《つえ》をついている者もいた。

「年齢不問」という一言で、そんなに……。

「暮から三月にかけて、倒産したりクビ切りをしたりで、みんな苦しいんだろうな」

と社長が諦《あきら》め顔で言った。

私は諦め切れなかった。あれじゃ、誰が入ったって、私はまた「若いの」に変りないじゃないか！

# 解説

吉田大助

「山」といえば、「川」。「ゴホン！」といえば、「龍角散」。では「踊る男」と言えば？　正解は、「勝手にしゃべる女」。

その一語をタイトルに掲げた本書は、赤川次郎の単独名義としては初となるショートショート集『踊る男』（一九八六年四月単行本刊→二〇一六年一一月角川文庫刊）と、ほぼ同時刊行された姉妹篇に当たる一冊だ。全二部構成で、こちらは二六本のショートショートが収録されている。

今回が、二度目の文庫化となる。底本となった新潮文庫版の巻末には、「作者と読者」と題した星新一の解説が掲載されている。一〇〇一編＋αもの作品を残しショートショートの神様と呼ばれた星は、赤川の作品を高く評価している。中でも特に――。〈本書に収録の「仕事始め」など、Ｏ・ヘンリーの水準を抜いているのではないだろうか。こんな好ましい短編など、めったに書けるものではない。しかも、数え切れぬ

ほどのベストセラーの長編を書きながらである。〉

Ｏ《オー》・ヘンリーと言えば、一九世紀末から二〇世紀初頭にかけて掌編小説ばかりを次々発表したアメリカの作家であり、日本でも「賢者の贈りもの」「最後の一葉」などでよく知られている。星が選んだ、「好ましい」の一語が重要だ。Ｏ・ヘンリーの作品群はペシミスティックで、ビターだ。対して赤川の「仕事始め」は、冒頭からほんわりとしたムードで開幕する。一人暮らしの部屋で年末と正月休みをぐうたら過ごし、「また、明日から仕事か」とつぶやく「私」。玄関のブザーが鳴ったので出てみると、母が故郷からサプライズで娘の元へやって来た。大きな荷物の中身は、振袖《ふりそで》。「私」が勤める会社は、仕事始めの日には女性陣が振袖姿で出社するのが決まりごとだったのだ。しかし――。たった九ページの中に、社会や会社の世知辛さや、ままならなさをしっかり詰め込みながら、ラストで一気にハピネスの場へと駆け上がる。

本書収録作では他にも、「健ちゃんの贈り物」「告別」「便利な結婚」などから同様のハピネスを感じることができる。反対に、真っ黒でビターな作品もある。しかもハピネスとビターは、ラストのたった一行で切り替わる。油断ならない。面白い。

全体の構成は、〈Ｉ〉と〈II〉の二部に分かれている。ショートショートの作風自体も微妙に異なっているのは、初出誌の特性が作用している。〈Ｉ〉の収録作のほとんどは、本の情報が数多く掲載されるPR誌「波」が初出だ。毎月四ページ（二見開き）というボリュームが決められていて、自由な発想のもとに執筆された。〈Ⅰ〉では唯一、「レオンディングの少年」のみ、雑誌「歴史読本」の増刊（スペシャル）号に発表されている。掲載誌のカラーが作家の想像力を刺激したという事実は、この一篇を読んだ方ならば納得だろう。

興味深いのは〈Ⅱ〉だ。「初出社」から始まる全一二篇の冒頭には、「著者のひとりごと」と題した赤川次郎（「僕」）の語りが掲載されている。作家デビューする前、会社員だった頃の思い出が綴《つづ》られ、「研修」「社内旅行」「転勤・人事異動」「仕事始め」……といった会社絡みの用語について見解が述べられる。読者とのイメージの共有を図り、先入観を耕したうえで、続くショートショートでがらっとその意味を引っ繰り返す！

初出一覧にある通り、〈Ⅱ〉の収録作はすべて「月刊サムアップ」の一九八四年四月号（創刊号）から一九八五年三月号にかけて連載された。同誌のキャッチフレーズは「やる気生活ＨＯＷ ＴＯ誌」であり、おもにサラリーマン向けの記事やグラビアが並んでいた。赤川作品は「オフィスしょうと・ショート」という連載枠で、挿絵代わりの写真が付いて全三ページにわたって掲載。この枠の冒頭、読者を本文に誘うためのリード文として、太字の大文字で置かれていたのが「著者のひとりごと」に当たる文章だった。

赤川のショートショートは、雑誌の他の記事とは異なり、フィクションだ。しかし、ノンフィクションの文章が冒頭に置かれていることで、前後の記事を読み進めてきた読者の心理的なハードルが下がり、会社の話題という架け橋もできて、フィクションへと向かう気構えができる。この一文にはきっと、そんな効果もあったのだ。書籍化するにあたり、現在のスタイルへと落ち着いたわけだが、これらの文章を削除するという選択肢もあっただろう。残すという英断は編集者がくだしたものだったのかもしれないが、全一二篇のショートショートに特別な魔法をかけることに成功している。

ところで……そもそも、ショートショートとは何か。赤川次郎のショートショートは他の作家とはどう味わいが異なり、長編や通常の短編ともまた違う、彼のどのような作家性が現れているのか？　そろそろそんな話をすべきだと思うのだが、その辺りに関しては、冒頭で紹介した本書の姉妹篇『踊る男』の角川文庫版解説で、僭越《せんえつ》ながら執筆させていただいた。興味のある方はご覧いただければと思う。

そちらの解説を執筆する過程で、芥川賞作家・吉田修一が執筆した『〈縁切り荘〉の花嫁』の文庫解説を発見した。赤川作品をこよなく愛する人気作家が記した「赤川次郎小論」は、誰もが納得しながらも不思議に思っている「なぜ赤川次郎はこんなにも読まれ、売れているのか？」という疑問への、ひとつのアンサーとなっていた。今回はあらたに、角川文庫にラインナップされている赤川作品をあらいざらいチェックして、著名な作家陣がプロの目からどのように「赤川次郎」という作家および作品を読み解いているのかを調べてみた（ちなみに、赤川作品は累計三億部を突破しているが、角川文庫だけで約一億部になるという）。以下、その一部を引用する。

『黒い壁』の大石圭。

〈――本当に言いたいことは、チョコレートでくるみなさい。／今日、日本でもっともよく読まれている作家のひとりである赤川は、そのことを誰よりもよく知っているように思われる。／大切なのは《まず読まれること》なのである。すべてはそこからしか始まらないのである。だからこそ、赤川は、ストーリーテラーとしての類《たぐ》い希《まれ》な能力を駆使して、ドロドロとした人間と人間の欲望を――あるいは思わず目を逸《そ》らしたくなるような人の心のどす黒い裏側を――甘くて口当たりのいいチョコレートですっぽり包んでわれわれ読者に差し出すのである〉

『人形たちの椅子』の唯川恵。

〈赤川さんの作品には、必ず人間の哀しさが重く潜んでいる〉〈罪を犯した時の恐怖。

罪を隠すためにどんどん深みにはまりこんでゆく弱さ。追い詰められてゆく絶望。そんなものが、回りくどい言葉ではなく、もったいぶった表現ではなく、まるで肌にすっと馴染《なじ》むアストリンゼントのように、心に吸い込まれてゆくのです〉

『幽霊の径《みち》』の貴志祐介。

〈実は、あえてインモラルなテーマにまで踏み込んで、人間の暗部を抉《えぐ》った作品も少なくない。（中略）生への衝動が引き金となって犯した、軽はずみな過ちや罪によって、地獄へ向かう落とし穴が、足下にぽっかりと口を開けるのである〉

『消えた男の日記』の加納朋子。

〈赤川次郎氏の作品世界は、遊園地によく似ています。ジェットコースターを始めとして、幽霊や死体が出てくるお化け屋敷があったり、人間よりも賢い動物が出てきたり、世にも不思議な出来事があったり……もちろんそこではいくつもの恋だって生まれます。そこにいる間じゅう、お客さんは思いっきり楽しみ、そしてこう言いながら出てくるのです。／「ああ、面白かった」〉

『くちづけ（下）』の恩田陸。

〈私が思うに、先生の小説が登場した時に初めて「映像的な」という表現が登場したと記憶しています。（中略）当時はまだ「映像的な」という言葉はどちらかと言えば否定的な意味で使われていたと思います。今にしてみれば嘘みたいですよね。現在では、たぶん「映像的な」という言葉は悪い意味ではありません。最近登場する作家たちの中で、むしろ映像的でない人を捜す方が難しいくらいです。けれども当時はそうではありませんでした。小説の文法、小説の作法というものが厳然と存在していたのです。そこに登場した先生の小説は、それほどそれまでになくイメージを喚起させる力が強力だったのです〉

『鼠、剣を磨く』の内田康夫。

〈細かい情景描写などを省いていながら、それでいて、読んでいると自然に周辺の情景が浮かんでくる。読者の想像をかき立て、感情移入を誘い込む魔力が働いているのです。そういう効果を生むには、当然のことながら、まず書き手側の頭に映像が存在しなければならない。赤川さんの脳裡《のうり》には書こうとする対象物が次から次へと見えていて、それをそのまま活写しているにちがいない。だからこそ「映像」が読者にもそっくり伝わってくるのです〉

『怪談人恋坂』の瀬名秀明は、「赤川次郎こそは『小説の歓《よろこ》び』そのもの」と記す。

〈ストーリーを追いながらはらはらどきどきし、登場人物たちに感情移入してゆくことの快感。好きな作家の本を次から次へ手に取ってゆく連鎖の楽しみ。そして読んでも読んでも尽きることがないという読書の海の愉悦。そういった「小説の歓び」を、おそらく三〇代以下の日本人は赤川次郎によって無意識のうちに教えられたのである〉

これらの「赤川次郎小論」のうち、どれかひとつが真実の解である、ということはない。これらの全部を集めた総体が、未来の「赤川次郎論」に繫《つな》がっていく。その一助に、この解説文もなっていたならば幸いである。

『踊る男』の解説の末文では、こう記した。〈誰もが知る赤川次郎の作品世界に「再入門」するうえで、本書はうってつけだ。常に「再発見」され続ける国民作家が披露した、全三四編の極上サプライズ。心ゆくまで楽しんでほしい〉。『勝手にしゃべる女』に関しても、まったく同じ気持ちだ。全二六篇の極上サプライズ。心ゆくまで楽しんでほしい。

初出一覧


辞　　　表……1982年　11月号　波

レオンディングの少年……1983年　8月　歴史読本スペシャル3

再　　会……　11月号　波

夫婦喧嘩……　12月号　波

巨　　　匠……1984年　1月号　波

命がけのアンコール……　2月号　波

健ちゃんの贈り物……　3月号　波

謝　恩　会……　4月号　波

流れの下に……　5月号　波

長い失恋……　6月号　波

長い長い、かくれんぼ……　7月号　波

勝手にしゃべる女……　8月号　波

地　下　室……　9月号　波

告　　　別……1984年　10月号　波

初出社……　4月号　サムアップ

研　　　修……　5月号　サムアップ

初めての社内旅行……　6月号　サムアップ

迷いの季節……　7月号　サムアップ

夏　休　み……　8月号　サムアップ

切っても切れない……　9月号　サムアップ

たかが、運動会……　10月号　サムアップ

便利な結婚……　11月号　サムアップ

見慣れぬお歳暮……　12月号　サムアップ

仕事始め……1985年　1月号　サムアップ

奥　の　手……　2月号　サムアップ

年度末の新人……　3月号　サムアップ


本書は一九八九年二月に新潮文庫から刊行されました。

# 勝《かつ》手《て》にしゃべる女《おんな》

赤《あか》川《がわ》次《じ》郎《ろう》

平成29年 9月25日　初版発行
令和6年 12月15日　3版発行

発行者●山下直久

発行●株式会社KADOKAWA
〒102-8177　東京都千代田区富士見2-13-3
電話　0570-002-301（ナビダイヤル）

角川文庫 20526

印刷所●株式会社KADOKAWA
製本所●株式会社KADOKAWA

表紙画●和田三造





●お問い合わせ
https://www.kadokawa.co.jp/（「お問い合わせ」へお進みください）
※内容によっては、お答えできない場合があります。
※サポートは日本国内のみとさせていただきます。
※Japanese text only




ISBN978-4-04-105751-3　C0193

# 角川文庫発刊に際して

角川源義

第二次世界大戦の敗北は、軍事力の敗北であった以上に、私たちの若い文化力の敗退であった。私たちの文化が戦争に対して如何に無力であり、単なるあだ花に過ぎなかったかを、私たちは身を以て体験し痛感した。西洋近代文化の摂取にとって、明治以後八十年の歳月は決して短かすぎたとは言えない。にもかかわらず、近代文化の伝統を確立し、自由な批判と柔軟な良識に富む文化層として自らを形成することに私たちは失敗して来た。そしてこれは、各層への文化の普及滲透を任務とする出版人の責任でもあった。

一九四五年以来、私たちは再び振出しに戻り、第一歩から踏み出すことを余儀なくされた。これは大きな不幸ではあるが、反面、これまでの混沌・未熟・歪曲の中にあった我が国の文化に秩序と確たる基礎を齎らすためには絶好の機会でもある。角川書店は、このような祖国の文化的危機にあたり、微力をも顧みず再建の礎石たるべき抱負と決意とをもって出発したが、ここに創立以来の念願を果すべく角川文庫を発刊する。これまで刊行されたあらゆる全集叢書文庫類の長所と短所とを検討し、古今東西の不朽の典籍を、良心的編集のもとに、廉価に、そして書架にふさわしい美本として、多くのひとびとに提供しようとする。しかし私たちは徒らに百科全書的な知識のジレッタントを作ることを目的とせず、あくまで祖国の文化に秩序と再建への道を示し、この文庫を角川書店の栄ある事業として、今後永久に継続発展せしめ、学芸と教養との殿堂として大成せんことを期したい。多くの読書子の愛情ある忠言と支持とによって、この希望と抱負とを完遂せしめられんことを願う。

一九四九年五月三日

# 角川文庫ベストセラー

**三毛猫ホームズの無人島**　赤川次郎

炭坑の閉山によって無人島となった〈軍艦島〉に明かりが灯った。そしてかつての住人たちに招待状が――。困惑しつつも、懐かしさとともに島へと集まるかつての島民たちだったが……。

**三毛猫ホームズの四捨五入**　赤川次郎

殺人計画の情報を聞いて向かったN女子学園で、片山刑事は自分を狙った銃弾で亡くなった男の娘、弥生と再会する。一方、担任の竜野も弥生を見て驚く。「似ている、あの人に……」。そんな折、殺人事件が発生！

**三毛猫ホームズの暗闇**　赤川次郎

地震による崩落で出入り口が塞がったトンネル。そこに閉じ込められたバスにはホームズご一行と、さらに裁判中の殺人犯の家族と被害者の家族が同乗していた。緊張の中、ついに殺人事件が――！

**三毛猫ホームズの大改装《リニューアル》**　赤川次郎

かつて不良で、今は改心し片山刑事の彼女を自称する立石千恵。彼女の父でマンション改装工事計画推進に利用されているみつぐ。雑誌編集長に抜擢された窓際編集者の平栗悟士。3つの〝大改装〟が事件に!?

**三毛猫ホームズの恋占い**　赤川次郎

「あなたが私の夫になる人です」。張り込み中、駆け寄ってきた女子高生の言葉に絶句する片山刑事。彼女は占い師に「公園のベンチに置いたハンカチを拾った人が運命の人」と言われたという！　シリーズ第35弾！

# 角川文庫ベストセラー

花嫁シリーズ㉓
## 花嫁たちの深夜会議
赤川次郎

深夜の街で植草は、ビルでこっそりと開かれている女だけの会議を目撃する。一方、女子大生の亜由美は夜道で酔っ払いを撃退したが、その男は、喉をかき切られて死んでしまう。誰が何のために殺したのか？

花嫁シリーズ㉔
## 許されざる花嫁
赤川次郎

女子大生の亜由美はホテルで中年男性に、花嫁を殺してしまうから自分を見張ってほしいと頼まれる。花嫁は、子供を連れて浮気相手のもとに去った彼の元妻だった……表題作ほか「花嫁リポーター街を行く」収録。

天使と悪魔①
## 天使と悪魔
赤川次郎

おちこぼれ天使と悪魔の地上研修レッスン一。天使は少女に悪魔が犬に姿を変えて地上へ降りた所は、人のいい刑事が住むマンション。殺人事件に巻きこまれた二人が一致協力して犯人捜しに乗り出す。

天使と悪魔②
## 天使よ盗むなかれ
赤川次郎

おちこぼれ天使マリと悪魔・犬のポチがもぐり込んだ独身女社長宅に、謎の大泥棒〈夜の紳士〉が忍び込んだ！　事件解決に乗り出してきたのは超ドジ刑事。泥棒と刑事の対決はどうなる？

天使と悪魔③
## 天使は神にあらず
赤川次郎

落ちこぼれ天使と悪魔の地上レッスン三。さて今回は、欲にあふれた新興宗教の総本山で自分とそっくりの教祖様の代役を務めることになったマリ。ここは天国それとも地獄？

# 角川文庫ベストセラー

赤川次郎ベストセレクション①
## セーラー服と機関銃
赤川次郎

父を殺されたばかりの可愛い女子高生星泉は、組員四人のおんぼろやくざ目高組の組長を襲名するはめになった。襲名早々、組の事務所に機関銃が撃ちこまれ、早くも波乱万丈の幕開けが――。

赤川次郎ベストセレクション②
## セーラー服と機関銃・その後――卒業――
赤川次郎

星泉十八歳。父の死をきっかけに〈目高組〉の組長になるはめになり、大暴れ。あれから一年。少しは女らしくなった泉に、また大騒動が！ 待望の青春ラブ・サスペンス。

赤川次郎ベストセレクション③
## 悪妻に捧げるレクイエム
赤川次郎

女房の殺し方教えます！ ひとつのペンネームで小説を共同執筆する四人の男たち。彼らが選んだ新作のテーマが妻を殺す方法。夢と現実がごっちゃになって……新感覚ミステリの傑作。

赤川次郎ベストセレクション④
## 晴れ、ときどき殺人
赤川次郎

嘘の証言をして無実の人を死に追いやった。だが、ごく身近な人の中に真犯人を見つけた！ 北里財閥の当主浪子は、十九歳の一人娘、加奈子に衝撃的な手紙を残し急死。恐怖の殺人劇の幕開き！

赤川次郎ベストセレクション⑤
## プロメテウスの乙女
赤川次郎

近未来、急速に軍国主義化する日本。少女だけで構成される武装組織『プロメテウス』は猛威をふるっていた。戒厳令下、反対勢力から、体内に爆弾を埋めた3人の女性テロリストが首相の許に放たれた……。

# 角川文庫ベストセラー

**探偵物語**
赤川次郎ベストセレクション⑥
赤川次郎

辻山、四十三歳。探偵事務所勤務。だが……クビが危うくなってきた彼に入った仕事は。物語はたった六日間。中年探偵とフレッシュな女子大生のコンビで贈る、ユーモアミステリ。

**殺人よ、こんにちは**
赤川次郎ベストセレクション⑦
赤川次郎

今日、パパが死んだ。昨日かも知れないけど、どっちでもいい。でも私は知っている。ママがパパを殺したことを。みにくい大人の世界を垣間見た十三歳の少女、有紀子に残酷な殺意の影が。

**殺人よ、さようなら**
赤川次郎ベストセレクション⑧
赤川次郎

『殺人よ、こんにちは』から三年。十六歳の夏、過去の秘密を胸に抱き、ユキがあの海辺の別荘にやってきた。そして新たな殺人事件が！　大人への階段を登り始めたユキの切なく輝く夏の嵐。

**哀愁時代**
赤川次郎ベストセレクション⑨
赤川次郎

楽しい大学生活を過ごしていた純江。だが父親の浮気で家庭はメチャクチャ、おまけに親友の恋人を愛するようになって……若い女の子にふと訪れた、悲しい恋の顚末を描くラブ・サスペンス。

**血とバラ**
赤川次郎ベストセレクション⑩
懐しの名画ミステリー
赤川次郎

紳二は心配でならなかった。婚約者の素子の様子がヨーロッパから帰って以来、どうもヘンなのだ……表題作の他、奇想天外な趣向をいっぱいにつめ込んだ傑作ミステリ四編を収録。

## 角川文庫ベストセラー

赤川次郎ベストセレクション⑪
### いつか誰かが殺される
赤川次郎

大財閥永山家当主・志津の70回目の誕生日。今年もまた毎年恒例の「あること」をやるために、家族たちが屋敷に集った。それは一言で言うと「殺人ゲーム」である……欲望と憎悪が渦巻く宴の幕が開いた！

赤川次郎ベストセレクション⑫
### 死者の学園祭
赤川次郎

M学園の女子高生3人が、立ち入り禁止の教室を探検した後、次々と死んでいった。真相を突き止めようと探る真知子に忍び寄る恐怖の影！　17歳の名探偵が活躍するサスペンス・ミステリ。

赤川次郎ベストセレクション⑬
### 長い夜
赤川次郎

事業に失敗、一家心中を決意した白浜省一に、ある男から「死んだ娘と孫の家に住み死の真相を探ってくれれば、借金を肩代わりする」という依頼が。喜んで引き受けた省一。恐ろしい事件の幕開けとも知らず――。

赤川次郎ベストセレクション⑭
### 愛情物語
赤川次郎

赤ん坊のときに捨てられ、今はバレリーナとして将来を期待されている美帆、16歳。彼女には誕生日になると花束が届けられる。「この花の贈り主が、本当の親なのかもしれない」、美帆の親探しがはじまるが……。

赤川次郎ベストセレクション⑮
### 魔女たちのたそがれ
赤川次郎

「助けて……殺される」。かつての同級生とおぼしき女性から、助けを求める電話を受けた津田は、同級生の住む町に向かう。恐るべき殺戮の渦に巻き込まれるとも知らず――。巧みな展開のホラー・サスペンス。